日本小學館正式授權繁體中文版

弱角友崎同學

The Low Tier Character
"TOMOZAKI-kun":
Level.3

Lv. 3

屋久悠樹
Yuki Yaku Presents

Fly
Illustration

戲水

「欸，友崎同學……」

「不要放開我喔……？」

已經完全暗下來的天空，
綻放著色彩繽紛的煙花。

「非常地，漂亮呢……」

The Low Tier Character
"TOMOZAKI-kun"; Level.3

CONTENTS

1 找齊同伴回到一開始的城鎮之後有時會發生新的事件 P.4

2 最適合把等級練高的地點會逐漸改變 P.83

3 多人遊玩就有多人遊玩才有的好處 P.127

4 有時候只是一個選項就會改變一切 P.253

5 高難度迷宮的門的鑰匙有時就在身邊的角色手上 P.282

6 只有女主角才能裝備的道具會擁有特別的效果 P.314

Design Yuko Mucadeya + Caiko Monma
(musicagographics)

弱角友崎同學

屋久悠樹
Yuki Yaku Presents

Fly
Illustration

The Low Tier Character "TOMOZAKI-kun": Level.3

角色介紹

友崎文也
高中二年級。弱角。

日南葵
高中二年級。學校的完美女主角。

七海深奈實
高中二年級。開心果。

夏林花火
高中二年級。小個子。

泉優鈴
高中二年級。很吃得開的女孩子。

菊池風香
高中二年級。喜歡看書。

水澤孝弘
高中二年級。志願當美容師。

中村修二
高中二年級。在班上是頭目的地位。

竹井
高中二年級。體格很好。

成田鶇
高中一年級。很多方面都很自由自在。

1 找齊同伴回到一開始的城鎮之後有時會發生新的事件

暑假開始的第一天。

首先要說的是，我的暑假從第一天開始，就不是暑假了。

「嗯。一如預想地穿著難看的服裝過來了呢。」

上午十一點。緊接著在我抵達大宮站的會合點『豆樹』的那一刻，這番話馬上就襲擊而來。會吐露這種過於口無遮攔壞話的人物，當然只有一個人。

在那邊等待著的，是身為學校的完美女主角，對我來說則是『人生』師母的，日南葵。

「別、別說那個啊。」

「嗯——這就代表你自己也知道很糟？」

「算、算是啦……」

跟深實實的選舉戰，還有後來各種錯開的思緒。由於那一類事件接連發生到即將放暑假的時候，所以最近沒怎麼聽到的日南式毒舌，在事情告一段落之後就颯爽復活了。以完全感受不到空窗期的銳利，不停地突刺著我的心。

「你那樣子，是有沒有努力讓自己好看一點啊？」

「姑、姑且有……」

完全被她的氣焰壓倒的同時，也往下確認自己的服裝。會這樣做，也是因為我現在穿的並不是被這傢伙指揮而買下來的假人身上的那套服裝。

寫著謎樣的英文而有一種二手感覺的T恤，加上國中時買了之後就一直穿到現在，長度到膝蓋左右的牛仔褲。也就是我本來就有的，跟父母一起在永旺（註1）選的衣物。至於鞋子，則姑且穿著前陣子買的假人那套的那一雙。

「那是看不到努力的等級而且還很糟呢。」

「可是，我也算是盡全力思考過了啊……」

要說為什麼不穿之前買的假人身上的那一整套衣服——是因為那些衣服是長袖長褲，在夏天穿太熱了。

「嗯——果然這部分需要個別的課題……」

沒在聽我的藉口，日南一邊用大拇指按著嘴脣，一邊開始思考。發生新的問題就立即檢討處置那個問題的方式。該說這傢伙還是老樣子嚴以律己嗎？對日南而言暑假並不是暑假，這樣子的前提猛烈地傳達過來了。對於我的品味是糟糕到會產生問題的等級，希望她能暫時先擱在一邊。

註1　AEON的中文名，日本的大型連鎖百貨公司之一。

「不，該怎麼說，前陣子買的衣服，現在真的太熱了……我覺得穿了應該不對吧。」

我儘管沒有自信，還是傳達自己的想法。不管怎麼說夏天穿長褲就算了，連長袖都穿應該就沒有道理了吧？我是覺得那樣穿的話反而會惹她生氣，所以才選了這套衣服。是不是褲子至少要穿前陣子買的那一件才好呢？

可是這套服裝，該說跟假人身上那套衣服比起來的確更有國中生的感覺嗎？可以自然而然的感受到迸發著生疏感一般的東西。雖然是聽了別人說過的感想啦。

「沒錯。以那個層面來說，今天要是穿那套衣服過來的話就是最不正確的答案了。不過，替代的衣服是這種樣子的話，也很難說是正確就是了。」

日南毫無顧忌也面無表情，不對，不如說是浮現出有點嗜虐的笑容，指責刀刀見骨。明明從她的站姿到表情都完美過頭，偏偏在這種沒必要的地方卻會發揮S性格所以對這傢伙不能太大意。

「妳這人還是老樣子……」

「你啊，是小學的時候裁縫道具會選有龍的圖案的那種人吧？」

我回想起來，心臟劇烈地跳動。好像有過要選裝針線包之類的袋子，要從幾個圖案中選一個出來的事吧？記得那個時候，我確實是選了龍的圖案啊。好像是黑色的背景上有一頭帥氣的龍的圖案。想說有很帥的龍覺得很帥啊就選了。

「為……為什麼妳知道那種事？」

「品味像個阿宅的人啊，大多都會出自本能選擇龍的圖案。不先思考怎麼把那種品味抹除可不行呢。因為很遜。」

「品味很宅……」

剛才好歹有一瞬間覺得這種跟平時一樣的日南在某個層面上說不定相處起來比較自在，但我這種想法是錯的。她接連直搗我的痛處，最後到了要讓我哭出來的程度。

「不過，那種事情沒有什麼大不了的。今天叫你出來是為了更重要的事情喔。」

「撕裂別人的心靈還沒什麼大不了的嗎……」

我雖然試著對她訴苦，不過日南無視我小小的吐槽繼續進展話題。啊啊就跟平常一樣。

「你到現在為止已經跟我獨自出去過好幾次，也有被拉進現充的群體，以及跟深實實長時間兩人共處。儘管已經累積了各種經驗值，不過跟女孩子獨處的約會該做些什麼事才好，你還沒有理解吧？」

「嗯，這倒是……」

畢竟真要說的話就是沒有跟女孩子約會的經驗啊。

「所以也差不多變得必要了吧？綜合性的約會練習。」

「差不多？不，我還沒有那種預定計畫的說……」

我的話讓日南「哈啊」這樣嘆了一口氣。這在某個層面上也是已經看慣的情景了。

「我說啊，現在你該達成的，比較微小的那個目標是什麼？你忘了嗎？」

「……啊。」

這時我發覺了。是一直反覆確認的事情啊。

「跟妳之外的女孩子，兩人獨自去某個地方……是這個沒錯吧。」

日南很疲憊般地點頭。

「那，這代表什麼？」

「……約會的練習，非常必要。」

說了之後，日南就像個大人一般地指向我，露出不懷好意的笑容這麼說。

「鬼正。」

啊啊，出現了。果然回來了啊，平凡鍛鍊的日子。

「嗯，說得也是啊……」我微微點頭。「嗯。瞭解。」

如此這般，迅速到過頭，斯巴達態度穩定到不行的日南所主導的，完全沒得休息的暑假已經開始。這應該就是把時間化為效率的魔鬼，NO NAME的做法吧？反正都這樣了，也只能確實地把能做的事情都做好而已。

「那麼，順便當成詳細說明的會議，先吃個午餐填填肚子吧。」

我對於理所當然般提議的日南說。

「那今天，果然也是起……好痛！」

要說出來的時候腳就被踢了。

＊　＊　＊

「……嗯，好吃。」

位於大宮站東口商店街的一間西餐店，日南心情很好地一邊笑咪咪、一邊把義大利麵含進嘴裡。她吃的是加了古岡左拉起司奶油醬的餐點。順帶一提，我正在吃午餐套餐的漢堡排，這個也很好吃。

「那麼，綜合性的練習是要做什麼呢？」

在她正笑容滿面地享受起司的途中詢問之後，日南的表情有那麼一點點不高興，把義大利麵吞下去之後開始說明。

「我想想。今天是要去幾間店繞繞，然後有著想藉此出給你的課題呢。」

「呃──那個課題是……」

「嗯。」

日南又把義大利麵含進嘴裡。這次不知道是不是意識到我有在看，笑容比剛才還要收斂。不，妳這樣做也已經太遲了啦。然後她又把麵吞下去。

「簡單來講，是要讓你做約會的預演。我會事先告訴你今天該去的地點，然後再以那些地點為基礎，像是你已經計畫好的一樣，由你帶領我。」

像是我已經計畫好的一樣？

「呃──也就是說，像是做假的感覺？」

「對。就算只是形式上，也得做主導約會的練習。畢竟實際做起來會有很大的不同。」

「就算只是形式上……」

「意思是，要以我接下來教給你的資訊為基礎，說一說『我有點想去這裡呢』之類的話，由你來帶我走。」

啊啊，原來如此。是這麼一回事啊。雖然有點緊張，不過我覺得只是形式上的話也不是做不到。是不是我鬆懈了呢？

「嗯……我知道了。」

「那麼……來。就這種感覺喔。」

日南邊操縱智慧型手機邊說完後，我的智慧型手機震動了起來。看了一下，發覺是日南用 LINE 把三間店的名字，還有網址傳了過來。

「呃──這就是今天要去的地方，沒錯吧？」

「對。」

日南吃著義大利麵的同時，還是漂亮地做出回應。可是這個是……

「嗯，第一間跟第三間我知道……是服飾店，還有星巴克吧？」

「是啊。首先要到服飾店解決衣服很遜的那個問題，而在星巴克會出別的課題給你喔。」

「喔，好。」

儘管對於她順口而出的「別的課題」覺得怕怕的，我還是注視著手機的畫面。

從日南那邊傳過來的清單第一項，把『RAGEBLUE』這個店名跟網址寫在一起，點進去看看就顯示出位於大宮西口的一間服飾店首頁。這個意思是，接下來要去這個地方買衣服吧？第三項則是單純地只寫著星巴克。

不過，我看著寫在第二項的店名而皺起眉頭。

「呃……為什麼是BIC CAMERA？」

那裡顯示著『BIC CAMERA 大宮西口 SOGO 店』這樣的店名，以及記載著店的地址。

然後日南就以憮然的態度開口。

「試玩機台。」

「……啊？」

我回問之後日南就不動聲色地瞪著我，又一次強烈地，以明確的口氣說。

「所以說，那裡有試玩機台。不只是線上，偶爾也會想要線下對戰吧？也有顧慮到避免 lag 的層面……那邊有 AttaFami 的試玩機台，是這個意思。」

「哦，喔，這樣啊。妳這人果然……」

說到那種地步時我發覺了。日南的那個表情不知道是不是在生氣，臉頰只有一點點泛紅——遇到跟 AttaFami 有關的事感情就會劇烈起伏的情形也還是老樣子。這樣的話不要過於深入應該比較好。多一事不如少一事。這傢伙真的很喜歡 AttaFami 啊。

「怎樣？」

「沒……沒事。什麼都沒有。」

我含糊帶過後，日南就像是在瞪我一樣皺起眉頭。然後一瞬間思考般地讓眼光向下，說了「說起來啊」而戲弄我似地笑出來。

「……怎樣啦。」

「你自己沒發覺到嗎？」

「啊？」

日南有點嗜虐地指著我的臉。

「明明之前去服飾店的時候你還會東看看西看看，彷彿很不安的樣子，剛才卻稀鬆平常地接受了呢。還會被 BIC CAMERA 吸引住，挺從容的嘛？」

「啊……」

這時我自己也發覺了。說起來，我剛才並沒有害怕到那種地步。

「覺得怎樣？跟深實實、優鈴，還有水澤——跟現充們長時間對話而獲得的經驗值帶來的成果如何？」

被她這麼說，我注視著自己的手掌心。獲得的經驗值帶來的成果。那就是。

「應該是……等級有提升了吧。」

我找尋合適的話語說出來後，日南一副滿足的樣子，說了「沒錯」而點頭。

「你還記得嗎，剛開始一起訓練的時候，我有說過很多次，重要的是能夠『時常』、『下意識』地把事情做好吧？」

「……對，有說過啊。」

「怎樣呢？關於那點，現在的狀況如何？」

——不知不覺之中，下意識地減少了對於服飾店的恐懼。

「嗯，這該怎麼說呢……」我從日南身上別開眼光。「……應該算是，ＯＫ吧。」

我有點害羞而說得不清不楚，並且用泉常用的ＯＫ回答後，日南便表情認真地緊緊盯著我的眼睛。

「做得很好。」

接著她的表情改變，散發著溫柔的，大人一般的溫度，露齒微笑。

彷彿是年長的大姊姊像個孩子一般笑出來的樣子，洋溢著有點矛盾氣氛的笑臉向我襲擊而來。希望妳別用這種出其不意的招數啊。

「哦，喔。還好啦。」

對於那充滿魅力的表情，該怎麼講，我不禁完全害羞了起來。看著這樣的我，日南正滿足地笑著。奇、奇怪？該不會是我對 BIC CAMERA 有意見所以她還以顏色了吧？

——然後用餐結束，話題轉移到更大的目標上頭。

「開始今天的課題之前——首先，不先決定這個暑假該做什麼可不行呢。」

「這個暑假該做的嗎？」

「對。」日南露出認真的表情。「就是要在夏天努力，才能跟周遭拉開差距喔。」

「怎麼像補習班老師一樣……」

我收斂地吐槽的同時，等待著日南接下來的話語。

「總之，要在第一天內決定好這個暑假的目標喔。」

「目標啊。」

嗯，以日南至今的做法來講就是會那樣囉。

「對。所以現在的微小目標是『跟我以外的女孩子兩個人獨自去某個地方』。要以這個目標為底，立下要在八月結束前應該達成的目標呢。」

「也就是說還有一個多月嗎……」

那一個多月的暑假，會被日南的課題填滿的情形，我已經可以自然而然地想像了。

「總之，以現在的狀況為基礎，用符合現實的範圍來考量……」

「……喔。」

我點頭。符合現實的範圍。

該怎麼說，這傢伙在每個環節都會沒有意義地變得嗜虐，不過談到最重要的

『課題』，就會變成『對女孩子搭話』或者『去問LINE』之類，只要我在當時的狀態下全心全意去做就能達成的項目。

但她也曾提過，眼前的小課題也有用來維持『做到了，再繼續下去吧』這種動力的功用，所以應該也是覺得出了做不到的課題反而沒有意義吧。

我心裡頭這樣理解的時候，受到了可以把那種想法整個吹走一般的話語襲擊。

「所以這個夏天的目標是『跟菊池同學交往』喔。」

一瞬間，流淌著沉默。

「啊!?」

我不禁叫出聲來後，日南便皺起眉頭環顧周遭。總覺得以前雖然不是在這間店卻有過類似的經驗。

「……聲音太大了。我說的意思你聽不懂？」

「沒、沒有……」

我在慌亂之下把視線對向她之後，就發現日南一如預料地嗜虐笑著。

「那我就再淺顯易懂地說一次囉。你——也就是友崎同學，要跟菊池風香發展成男女朋友的關係，這就是今年夏天的……」

「不用說得那麼清楚也沒關係……！」

我想辦法比剛才更加壓抑語調的同時，仍然滿溢著動搖。

「妳這人啊，剛才說的哪裡符合現實……！」

日南嘟著嘴脣，像是故意裝出傻愣的表情。

「哎呀。跟一個真要說起來本來就對你有好感的女孩子，有了安迪作品這個共同的興趣，再加上甚至做了兩個人某一天要一起去看改編電影的那種約定。而且現在開始有一個多月的暑假喔？不管要約她出去玩幾次都可以。從那種狀態走到『交往』的地步，是那麼不切實際的話題嗎？」

「不……」

雖然對細微的部分有話想說，可是像這樣陳列著客觀的資訊，又被不准反駁的視線突刺，就會變得可以接受了啊。這、這就是所謂的洗腦嗎？

「可是……說起來連聯絡方式都沒交換……」

「你說這個？」

她朝我拿過來的手機上，顯示著 LINE 的『菊池風香』這個帳號。

「這、這是理所當然的呢……」

既然是這傢伙的話當然會知道同班同學的 LINE 吧。日南以得意洋洋的笑臉呼出鼻息。說起來，她本來就打算無視彼此的心情呢……

「如此這般，總之夏天的第一項課題，就是約小風香看電影約會，再接續到下一個階段。後來再不斷地培養感情，最後要做到可以交往的地步。就這樣而已呢。」

「什麼『就這樣而已』啊，內容不是擠得滿滿的嗎？」

我說話的同時，不禁覺得這有點像是別人的事，自己無法直視現實。

然後晚了一瞬間，發覺不協調的地方。

「先等一下。剛才，妳是不是說『第一項』課題？」

日南無懼地呵呵笑出來。

「變得愈來愈敏銳了呢。就像你所察覺的，這個夏天的課題可是多得很喔。」

「多得很……」

我一邊按著額頭的同時，已經有一半放棄了。夏天充滿了特訓。是地獄的暑修啊。

「至於其他的課題，我想想……」日南用食指輕柔地按到嘴唇上。「集體外宿的計畫已經開始進行，我就只告訴你這個好了。」

「集體外宿⁉」

「吵死了。」

「好痛⁉」

日南不高興地用食指戳了我的臉頰。

「雖然集體外宿也有像是喜從天降的成分，不過還在做調整喔。意思是能不能把身為超陰沉角色的你加進集體外宿的一員，就看我怎麼處理了。真讓人躍躍欲試啊。」

日南一邊摩拳擦掌按出聲音一邊說。妳這人到底是覺得哪裡有搞頭啊。

可是這傢伙真要全心全意去弄的話，就算硬來也會把我加進成員裡吧。啊啊，

這件事情直接當成幾乎確定的事會比較好吧……但是。

「那、那些成員是……」

戰戰兢兢地詢問詳情之後，日南便故意把頭歪給我看。

「嗯～？」

然後在這一刻中斷了話語。像是惡作劇般笑著的她，眼瞳中充滿著嗜虐的光輝，我明確地感受到她打算在所有事項都決定好之後才突然告訴我而令我困惑的那種決心。這樣的話，不管問什麼應該都沒用吧。我放棄般地把所有話都吞回去。

「我、我會做好心理準備……」

「嗯。」日南看似滿足地點了頭。「接下來，還有一些其他的事要考慮……」

「還、還有別的啊？」

我不由得退縮之後。

「那就得看今天約會結束時，你的表現如何囉？」

「約……」

「啊，麻煩買單！」

沒有等我把對於那個單詞感受到的疙瘩化為言語，日南就轉變音色呼喚店員。

「啊，好的！」

在店員過來之前，只有一瞬間把視線投向我這邊來的日南表情，果然是嗜虐的，並且多少像個小惡魔一般。哼，我怎麼可能被這種招數擾亂內心呢。我可沒說謊喔。

＊　＊　＊

我們兩人走出西餐店。

「真好吃呢——！」

是不是因為剛才提過的『約會的預演』的關係呢？日南從走出西餐店開始，不知道為什麼不是平常那種講求理性且完美主義的模樣，變成了學校完美女主角的日南葵。

「是、是啊。」

我暫且配合她，跟笑咪咪的日南兩個人並肩行走。

「接下來要去哪裡呢？」

她一邊說一邊把手交握在背後，做出往前彎腰的姿勢，由下往上看著我的臉。這個散發女孩子氣的姿勢是怎樣。直視的話好像會受不了的說。我馬上把目光移開。

「呃——日南。」

儘管對於這種奇妙的狀況多少靜不下心來，我終究還是切進話題。預演，預演。

「嗯？怎麼啦？」

那種刻意裝出來的小惡魔語調使我內心的紛擾加速，我「呃……」這樣子不知道該說什麼才好。日南她說了「怎麼了～？」而用手肘輕推靜不下心來的我。

「沒、沒事。」我重新振奮精神。「有個地方我有點想去耶，可以去嗎？」

「嗯，想去的地方？好啊～去哪裡？」

是妳這傢伙要我講的吧！我把想這麼說的心情用力壓抑下來。

「西口那邊的服飾店。」

「啊，不錯耶！西口的話是指 ARCHE？」

「對，沒錯！」

我想到這傢伙傳給我的網頁上的地址，大樓名稱確實是那樣寫而回答她。她剛才是不是在試探我有沒有好好地看地址呢？

「瞭解！」

日南精力充沛地點頭後，有意無意地注視著我這邊，就那樣一直站在原地。

……呃？

我觀察著日南的態度而暫時停下腳步，後來終於恍然大悟。

對、對喔……今天應該是我必須『帶著她走』才行的狀況啊。好，上吧。

對方是日南卻還得那麼做的情況讓我感受到莫名的不協調感還有緊張的同時，我開了口。

「那麼……我們走吧。」

說完而走起路來之後，日南就像個女孩子一樣「嗯」地點頭，踩著小小的步伐來到我身邊並肩。喔喔，好危險好危險。總覺得剛才心裡頭有點湧起強烈的感情了喔。

「呃，這裡。」

我靠著手機地圖在日南前面帶路，抵達了大宮站西口叫做『ALCHE』還什麼的時髦大樓。總覺得被人帶著走，跟靠自己朝著目的地去的時候所看見的景色完全不一樣啊。要是走錯路就會變成自己的錯，有著藉由自己的選擇做出行動的實際感受，強烈地感覺到這種像是責任一樣的東西。

雖然去買中村的禮物時，被賦予『讓自己的提案通過』這樣子的課題時也有感受到責任，不過感覺上是比那個時候還要責任重大的版本。課題果然一點一滴地變難了。

「這裡有很多東西呢～」

日南裝出很開心的表情一邊環望四周一邊說。陳列著幾間以女性為客群的服飾店，因為沒有太寬敞的通道，而被許多年輕人擠得水洩不通。其中有八成是女性。奇怪？我來錯地方了？

因為不安而再一次確認地圖後，發覺目的地是在這棟大樓的五樓。

「對、對啊~呃，我想去的是……五樓那邊。」

「OK！呃——到五樓的話……」

日南刻意地邊東張西望邊這麼說道。這傢伙絕對知道哪裡有電梯或電扶梯吧？

我知道我知道，連這都要我帶妳走吧？

「……這邊嗎？」

我推測著方向而開始行走後，日南就從後面跟了上來。雖然也有不知道走對了沒的不安，不過因為通道幾乎沒有分岔，這次便沒有迷路而成功抵達了電扶梯。

「……呼。」

我呼出一口氣，同時腳踏上電扶梯。一變成要帶領人的情況，就連找電扶梯這點小事，需要思考的東西都比預料中多很多又累人啊……

我心想是不是多少開個話題之類的比較好而看向她，日南就一邊點頭一邊看著我的臉。

「友崎同學意外地很可靠呢！」

對於那用著充滿精神的口氣評價我的日南，我又心跳加速了。啊啊該怎麼說，我完全逃不出她的手掌心啊。

＊＊＊

電扶梯側邊那非常細長的鏡子裡，映著不起眼的我。

「那麼……」

應該是需要先解說的關係吧，日南從女主角模式轉回平常的語調開口。

「你現在還是只能買假人身上的一整套衣服吧？如果只是想把外觀上最表面的部分偽裝起來的話那樣就可以了，可是就像你現在所看的一樣，沒有品味的人買衣服來穿，就會變成這副慘狀喔。」

日南滿不在乎的，優雅地指著鏡子裡照出來的我這樣說。

「有必要說成慘狀……？」

我一邊用手指擦著因為室內空調而冷掉的汗水，一邊發揮小小的自尊吐槽。快把到剛才為止的日南還給我。我不禁這麼想了喔，嗯。

「不過你看看這個，覺得怎樣？」

映照在鏡子裡的我頭髮有做造型，嘴角也自然地提起來，眉毛也有一定程度的修整而且背也有挺直，所以算是沒有到之前那種噁心阿宅的程度——然而想必是因為服裝所散發出來的很遜氣氛吧，果然確實是一個不起眼的男人。

「你自己也微微地瞭解到了吧？有什麼不太一樣。」

「算、算是啦……」

雖然問我不一樣的地方是什麼我也沒辦法化為言語，不過只有散發著『不起眼的感覺』這點我有辦法理解。

「意思是，你至少必須依照季節來買東西。」

「依照季節嗎……」我錢包裡的樣子浮現在我的腦海。「現充，還真是辛苦啊……」

然後，不知道日南是不是看透了我心裡想的事情。

「說是這麼說，不過也並不是每次都要買假人身上的一整套喔。」

「咦？」

我因看見了希望而亮起眼睛後，日南就忽然往把視線朝向電扶梯比較上面的地方。

「總之簡單來講，只要有品味不錯的人跟著一起來，把要搭配前陣子買的 Pants 的T恤買下來就可以了。」

「內褲？」（註2）

我以「我沒有買什麼內衣褲吧？」這樣的意思詢問之後。

註2　此處的原文為「パンツ」，即Pants這個英文單字的日文發音，在日文中一般是指「內褲」的意思。

「雖然你那樣搞錯真的一點也不稀奇所以我不想吐槽，不過我是指褲子。」（註3）

日南她便這樣小聲地說出不屑的話語。

「也、也就是說……現充會把褲子講成Pants嗎？所以『Pants』的語調才不是像『Dance』那樣而是跟『衣櫥』一樣呢。嗯。」（註4）

不知道是不是確認我像這樣子退縮了，日南的笑容從充滿魅力的模樣漸漸地轉為嗜虐，後來像是想到了什麼似的開口。

「雖然這麼說，畢竟現在是那種完全顯露阿宅性情的服裝，我認為你應該覺得更害怕一點就是了。不知道店員看到你這副德行會怎麼想呢？」

「明、明明我好不容易才稍微提起自信的！」

再次意識起自己現在的打扮，對於服飾店的恐懼感復發了。服飾店好可怕。

我由於恐懼而雙腿僵硬，差點就要讓走出電扶梯的兩腿絆在一起而跌倒的時候。

「所以，今天我就特別……幫你選囉？」

可愛到讓人不爽還把頭歪向一邊的日南所說的話語，又漂亮地讓我中了一記奇襲。突然換成女主角模式太狡猾了。

註3　此處「褲子」的原文為「ズボン」，即「褲子」在日文中的常見說法，而Pants在英文中原本也是「褲子」的意思。

註4　此處Dance的原文為「ダンス」，衣櫥的原文為「タンス」，兩者的重音不同，若以日文字典中常見的重音標記來表示的話，前者的重音標記為【1】，後者為【0】。

店。

「喔……好。」

就像這樣，後來我姑且還是說了「走這邊」而以帶領她移動的形式抵達了服飾店。

讓我覺得甚至連空氣中的氣味都帶點時髦的空間，在我眼前展開。

「哪個才好呢？啊，友崎同學也來選一件嘛！」

日南隨著這樣的話語選了兩件，我則是選了一件T恤，總共買了三件。

根據女主角模式的日南所說——

「因為選了兩件跟你現在有的 Bottoms 很搭的T恤，這樣的話，我想就算不買新的 Bottoms 也能換著穿。友崎同學選的也不差喔！」

我回問她「Bottoms……？」之後，她就露出非常疲憊的目光，只說了「……我是指褲子」。不，幹麼一下子把褲子講成 Pants 一下子又講成 Bottoms，這不是差太多了嗎？統一講成褲子嘛，褲子。

＊　＊　＊

拿著買好的T恤離開店內。

我悲傷地確認著更加空蕩的錢包內部時，日南用手指柔和地抵在嘴脣上，開始思考什麼東西。視線朝著我用單肩背著的包包。

「……怎樣？」

「嗯──果然，也帶著這個的話比較好吧～」

日南維持著女主角模式說話後，就從自己的背包中拿出跟她的背包不一樣的，折疊好的黑漆漆背包。那是沒什麼特別裝飾的樸素背包，散發出像是大學生之類的人常常會背的氣氛。有男女生都可以使用的感覺。

「咦？」

「你沒有吧？這種實用的背包！」

她一邊說，一邊把那個黑色背包遞過來。

我儘管疑惑，還是收下了那個背包。

「……是要借我嗎？」

「與其說是借你，差不多是送你也沒關係的感覺呢。」

我對於她那番話感到驚訝。

「不不不！那、那樣的話該怎麼說……我會不會從妳那邊拿了太多東西了啊？一開始拿了口罩，數位錄音機也是借了就一直沒還吧？」

「啊──這樣說也對呢。」日南把視線移到那個黑色的背包上。「可是這個，你仔細看這邊。不知道是不是勾到了什麼尖尖的地方，有點破掉了。」

被她這樣講而仔細看一看，黑色背包左上方一帶的布料確實已經破了，線也散了開來。

「咦，可是才這樣……」

「我會在意啊——」

她沒有感情地這麼說。雖然我覺得還沒到需要在意的程度，不過她都成為了完美女主角，是不是連這種有點脫開的線都不能放過呢？

「可是啊……」

我不知道如何是好，然後日南她便「嗯——這樣的話」提案。

「這附近的雜貨店，有我之前稍微看了一下就滿想要的東西，友崎同學就買那個給我吧！相對地我把背包給你，這樣子的話就可以了吧？」

她眼光閃耀地說著。散發著非常乖孩子的感覺。表面上是這樣。

不過，原來如此。那樣的話我也能提供什麼給她，可以接受呢。可是這傢伙想要的東西會是什麼？除了起司跟遊戲之外，我真不知道這傢伙會喜歡什麼東西。這讓我有點在意。

「知道了。就那樣吧。」

因為也對那方面感到好奇，我跟日南便前往同樣在大宮站西口另一棟大樓裡頭的雜貨店。

＊　＊　＊

「啊，這個！」

維持著女主角模式的日南很開心地說。

我們來到的是從衣服到帽子、從戒指到手機殼都有，以便宜價格販售著各式各樣雜貨的熱鬧店家。日南在店裡拿起來的是尺寸有點大的胸章。

「哦。」

「有夏天的感覺，還挺不錯的呢……這個。」

我也把目光朝向溫柔地笑出來的日南所看著的胸章。

那是在黑色底色上描繪了繽紛煙火的漂亮胸章。日南會喜歡這種東西讓我有一點意外。確實是色彩豐富又漂亮沒錯……可是這傢伙是喜歡這個胸章的哪裡才選它的呢？日南小心翼翼地把胸章拿到手上。

「妳喜歡那種的嗎？」

率直地詢問之後，日南就「嗯——」地擺出有點遲疑的模樣。

「嗯——雖然我是不太會去買非必需品的類型……不過是自然而然地，靠直覺吧？」

對於那種不像日南會講的曖昧回答，我「嗯——」了聲回以附和。沒有特別的理由卻還是想要，這種情形也會在這傢伙身上發生啊？還是說，這個也包含在演技裡頭呢？

看了一看其他販賣的胸章，發覺從國旗、有名的角色、飯糰跟荷包蛋等等食物，到青蛙跟蠍子等等動物之類的都有，總之種類非常豐富，每個都是以幾百圓的價格販售。會想要其中的華麗煙火，是不是日南本來的品味呢？我不曉得。

通道上有著或許是高中生的年輕男女，散發出像在約會一樣的氣氛，一起看著商品。變成這樣的話該怎麼說，這跟女主角模式的日南那女孩子氣的口吻和舉止交互作用，讓我不禁有點意識到那方面的事情。我、我這邊可不是在約會，只是單純的綜合練習而已喔！

「呃——跟這個交換嗎？」

我隱藏著擅自感受到近似害羞的焦慮，同時從日南那邊把胸章拿過來。

「對！這樣就可以了吧？」

看了看胸章的價標後，發覺是四百圓加稅。不，這樣子的話。

「那個……花了四百圓就拿到那個背包，價格不就沒有相抵……」

「真是的——我都說想要了所以沒關係吧！」

日南調皮地雙手抓起我的手臂，連著胸章一起推到我的胸口。

然後就那樣推著我的背，硬是讓我走到收銀台。

「我、我知道了啦。」

「麻煩你囉～」

日南那種多少有點強硬又像是公事一般的行動，讓我想到，事情該不會是這樣吧？

這種情況，說不定也有日南真的想要這個胸章的成分，不過比起那個，更多的大概是想消除我那種『一直拿到東西』的愧疚感，而對我建立『交換』這樣的對等關係，應該是這樣子吧。

這樣我就能夠沒有顧慮地收下背包，今後也沒有欠她人情。

可是如果是這樣的話——該怎麼說，她真厲害啊。

不是自我滿足也不是強迫別人，本質上是關心。

這種能夠在關心他人的同時也顧慮對方心情的力量，說不定才是日南可以一直維持在校內最高的地位，身為學校完美女主角位置的真正重要原因。我模模糊糊地想了這樣的事情。

然後我就順著她的意思把商品拿到收銀台付錢，再把那個……當成禮物送給日南，算是這樣子嗎？不，因為是交換所以不一樣吧。

總之如此這般，我用煙火圖案的胸章做為交換，拿到了日南用過的黑色背包。

「呃——那個，謝謝。」

「不客氣。我也會珍惜這個喔。」

日南用有一點雀躍的聲音說完後，像是有點開心地，一邊溫柔地笑著，一邊把胸章放進背包裡頭。我輕易地因為那樣的她而內心波動。可惡，她的演技怎麼這麼棒啊。

＊　＊　＊

眼睛前方，有著 AttaFami 的遊戲機台。而在畫面裡頭，有兩名忍者。

我跟日南，以算是由我帶路而來到的 BIC CAMERA 裡面的 AttaFami 試玩機台，用總共三命，先贏三場就勝利的規則來對戰。

我已經先贏了兩場，接下來拿下這一場的話就是我直接勝利。而且這一場是在我跟日南都只剩下一命的狀態之下。

完全解除女主角模式，變成單純的 NO NAME 的日南，讓我看見了她的不屈不撓。

「還沒有結束……！」

日南從差點就要墜落到舞台外的狀況回歸的同時，情緒化地細語著。可是儘管她情緒化了起來，她回歸的路徑可是經過深思熟慮，而我阻止她回歸的行動失敗了。

「真厲害……！」

我在心中默默地覺得驚訝。

我跟日南操縱的，一樣都是忍者角色 Found。日南的操作風格一如往常，是複製著我的戰法，還有針對我的戰法的對策。

到這邊，跟之前相比都沒有任何變化。

可是，只有一點不一樣。

日南她，已經以遠遠超出預料的速度，玩得愈來愈拿手。

每一個動作的正確度、猜測對方行動的精確度，再加上風險計算。

進攻的形式之多，以及對策的形式之柔軟。

原本就拿手到超人等級的連續技掙脫，也更加地登峰造極。

跟深實實之間發生了許多事情的期間，不過就是一～兩週沒有對決而已，就能大幅成長到這種地步嗎？

日南擺出要從中距離拋出飛行道具（註5）的模樣，再以防禦來取消（註6），接下來甚至連那個防禦都用『瞬』來取消而滑過地面。然後就那樣衝刺靠近我。那應該是想用投擲飛行道具的假動作引誘我防禦，再用超絕技巧縮短原本不太可能趕得到的距離，飛奔到我懷中使出投擲技的精心策略吧？

「……哈哈。」

註5　指格鬥對戰類遊戲的角色所放出的可射至遠方的武器或招式。《快打旋風》系列中著名的「波動拳」即為一例。

註6　此處的「取消」是格鬥對戰類遊戲中的用語之一，指的是將招式途中的動作中斷（減去出招後的硬直），或者將正在使出的招式動作完全取消而直接換成下一個動作或招式；此處在文意上應屬後者。

笑聲不由得灑下。

我至今跟許多人對戰過。

而且輸給我的人，其中有一部分察覺到『再努力這麼多的話，就能達到nanashi的境界』，也知道需要累積努力。

然而，就算在達成那種努力後跟我對決也沒有辦法贏過我。

因為那個時候，我已經比對方累積了更多的努力，成長的幅度也比他大了許多。

原本就身為第一名的同時，成長幅度也是最大的。

我就是那樣持續守著日本第一的位置。

那到現在還是沒有改變。

可是——日南她。

大概在這幾週，不，是在這幾個月的期間，一直在成長也說不定。

幅度比我更大一點點，而且持續地成長著。

所以，我不禁笑了出來。

畢竟這種事可是第一次遇到。而且，這點讓我莫名地高興。

原來還有其他人這麼愛著AttaFami而一直努力，這讓我忍不住高興起來，讓我又一次有了原來我並不是孤獨一人的想法，而不由得笑了出來。

光只是像這樣戰鬥，就能瞭解這傢伙最近這陣子做了什麼樣的努力，就像是我親身經歷一樣。

果然對我跟這傢伙來講，AttaFami才是最棒的交流手段啊。

所以我就——更不想放水，也不能放水。我如吸收日南的策略一般，從防禦轉為不會滑過地面的瞬，也就是連續使出只為了當場毫無空隙地解除防禦的瞬，然後就那樣流暢地輸入『Attack』指令。我所操作的Found擺出了像是要用右手臂捲住自己脖子的架勢。日南就跑向那邊。放馬過來吧。

Attack是如同攻擊一般的招式，同時也是『Attack Families』的語源，在出招前的空隙或者出招後的空隙會很大，而給予對方的損傷還有把對手擊飛的距離也相對地很大的必殺打擊。那並不是只能在對手露出很大的空隙時當成必中的反擊來使用，而是可以在招式發生前蓄力而讓威力提升，並且配合時機，也常常用來當成連續技收尾而發出來的各角色固有動作。我使用那招來迎擊投擲技。

可是這個時候，發生了一項計算錯誤。

不知道是用眼睛確認了我的Attack蓄力動作，還是只靠單純的直覺。這種場合與其將那種超脫人類範疇的反射神經做為前提，不合理地說是單純的直覺反而還更符合現實。就在這一剎那。

日南她切換了行動。

那看起來，是中止投擲技而在極近距離防禦我的『Attack』，在產生的出招後空隙摻進必中的投擲技，並且確實地把連續技接下去，那種回饋很多且穩定的最佳策略——但並不是那樣。

日南的Found用『瞬』把衝刺取消，擺出了像是要用右手臂捲住自己脖子的架勢。

那是既然我的策略是要把『Attack』蓄力之後再放出去的話，就比我更早用沒有蓄力的『Attack』從正面打下去，那種充滿著野心跟積極性還有對自己信賴的不得了的一招。

「……！」

我在變成無法挽回的態勢之前更先察覺到那一點，同時把『Attack』解放出去。

日南那邊不停揮出的反手拳跟我的反手拳交錯。然後——

「好了，咚～～」

「啊啊，討厭！」

我的反手拳早一瞬間朝著日南的正面炸裂。Found往場外消失了。

結果我留下兩命贏了比賽，先拿下三場就贏的賽事由我的連勝收尾。

＊　＊　＊

然後，現在我跟日南在星巴克。

「按、按了這裡的話……」

「嗯。就能加進去囉！」

「呃、呃，那一瞬間對方就會收到通知……」

「咦——？會收到啊～那是當然的吧？」

「這、這樣啊……」

我面對著把『菊池風香』的 LINE 帳號加入好友的畫面，慌慌張張地焦慮著。不過說起來，我總覺得日南雖然變成了女主角模式，但好像從 AttaFami 打輸之後就一直有點不爽的樣子。

在星巴克坐下來後我的手機馬上就震動起來，一看就發覺是日南用 LINE 把菊池同學的帳號傳了過來。感覺好像從那邊按下去就可以加入好友，我想著現在還可以用這種方式傳送啊～的時候，後來還是東耗西耗地過了幾分鐘。

「可是，突然就被加好友，菊池同學應該也不知道怎麼反應吧……」

畢竟要是在這時加了的話，菊池同學眼前就會突然顯示出『友崎文也已將您加為好友』之類的東西吧？要是把那種情形是我造成的這點綜合起來思考的話，一整個就讓人不舒服到不行。

「你在說什麼啊，那方面沒問題的喔。」

日南她笑咪咪的。

「咦？」

對於口氣比平常還更粗魯一點點的日南話語，我回問是什麼意思。

「因為我已經跟她說『友崎同學想問小風香的 LINE，可以告訴他嗎？』，事先確認過了！」

「喂……！」

我差點就要發出會響徹店內的聲音，不過還是想辦法壓抑下來了。

「友崎同學真厲害耶。已經可以壓抑驚訝時的聲音了？成長了呢。」

「那、那種成長我才不需要咧……！」

女主角模式的日南對我吐露帶點諷刺的話語所帶來的損傷可是平常的好幾倍啊。

「比起那個，妳這人幹麼擅自做那種事……！」

「因為自作主張告訴你帳號也不太好，無論如何都該去確認……我想說先幫你問的話會比較好吧……」

女主角日南悲傷地低垂目光。雖然我一瞬間差點覺得讓她傷心真對不起，不過看到她微微上揚的嘴角就知道了。她只是想給我點顏色瞧瞧而已。我可不會上當喔。

但是不管怎樣，話都已經傳到菊池同學那邊了嗎……

「可、可是後來菊池同學她怎麼說……」

我使力讓身體挺直這麼問。

「嗯——？當然是說可以啊？」

日南可愛地一邊歪頭一邊回應。

「這、這樣啊……」那簡樸的破壞力，不禁削弱我的氣勢。「……我知道了。」

然後她讓我點頭了。真不甘心。不過，只是加好友的話也不是什麼大不了的事吧，嗯。畢竟對深實實都直接問過了，跟那樣子比起來應該更沒問題才對。我提起精神而吸了一口氣。

「……唔！」

我下定決心點選加入好友。

——加進去了。

「嗯，很棒。其實最好的情形是你直接問她……不過就是沒有機會呢。」

「哦，喔。」

被她說很棒的我臉快發燙的同時點了點頭。拜託妳啦不要對我做出那種反應。

不過，這樣子該做的事告一段落了。呼，我喘了一口氣，把嘴巴靠近點了之後一口都沒喝的冰那堤。

「……欸，友崎同學，你還沒傳訊息過去吧？你呼一口氣是怎樣？」

「啊。」

她又用女主角的語調諷刺我。不過，的確是這樣沒錯。加好友這種行動對我來說是過於重大的高度進展，儘管我覺得這樣子已經就像是到了終點一樣，但今天是要做到約她出去才算終點吧？

「不過，今天打個簡單的訊息傳過去就可以算是結束了吧。」

「啊，是那樣嗎？對方的回覆呢？」

「嗯——個舉例來說，優鈴那類的人是傳 LINE 之後馬上就會回覆的類型，可是小風香她，就算馬上就顯示已讀，也等不太到她的回覆呢。我想她用LINE的感覺就像是電郵或者寫信那樣子吧！」

「啊——那樣子該怎麼說……很有菊池同學的風格呢。」

年輕人們迅速地接連來回聯繫的時候，她悠哉悠哉地，像是覺得那麼做才是書信來往一般，以沉著的步調進行聯絡。嗯，不愧是圖書室的妖精。非常地適合她。

「那麼文字內容就交給你囉。我想只要告訴她你是從我這邊得知聯絡方式，還有想要在暑假期間一起去看電影的話應該就可以了喔！」

「咦？交、交給我……？」

我對於那番話稍微受到衝擊的同時，也想起日南之前對我說過的『既然已經可以付諸行動，就該培養靠自己思考的能力』的一番話。

「也、也就是說……思考文字內容，也是這次特訓的一部分。」

「鬼正。」

日南一邊賊笑一邊這麼說。就算是女主角模式也會說那個詞呢。可是，要我思考文字內容，歸根究柢來說，我就連要從哪邊開始思考都完全不曉得喔。

「……好。」

可是啊，也只能努力看看了吧。嗯，上吧。畢竟這也是特訓啊。

我一邊挺直身體一邊點頭，靜靜地開始輸入文字。

在思考的途中讓視線朝前一下下之後，眼裡就看見日南忘我地用吸管吸著橘色的、看起來像是雪酪的清涼液體。她好像一整個沉浸在自己的世界裡頭，很陶醉的樣子。就算不是起司也一樣，這傢伙只有在吃好吃的東西時才會明擺著一副幸福的模樣啊。老實說，這種時候的日南真的很可愛。

那種莫名像個少女的純粹表情，不禁使我緊緊注視了一陣子後，日南就面向我這邊。然後她銳利地瞪過來的眼瞳，跟我的視線對上。

「……怎樣？」

「……沒事，什麼都沒有。」

驚訝地回神而解除女主角模式，並且令我畏懼的日南同學的魄力把我壓倒，我以完全落敗的狀態把意識移回編寫訊息上頭。儘管一瞬間好像要被她那充滿魅力的表情吸引過去，不過剛才的感覺果然還是該消除掉。日南不可愛。

那麼，呃——總之只要注意不要寫成奇怪的感覺就可以了嗎……嗯，就這樣吧。說起來我做得到的事情頂多也就這樣。啊啊，大家都像是理所當然地在用，但是LINE竟然這麼難搞啊……

——然後過了一陣子。

「呼、呼……完成了。」

在差不多耗了十分鐘的格鬥最後完成訊息而看向前方之後，發覺日南已經把橘色的液體全部喝光。明明看起來滿甜的，這傢伙會不會喝太快了啊。

「呃……我看看。」

我對像是什麼事都沒發生過一般已經回到女主角模式的日南說了「請、請看」的同時，把手機遞給她。打進手機裡頭的文字是這樣的內容。

『我從日南那邊知道了妳的聯絡方式。

那次之後我又試著讀了一本安迪作品，覺得果然很有趣呢。

之前提過的，想去澀谷看安迪作品改編的電影，要怎麼約呢？

如果妳有什麼時間有空的話，麻煩告訴我！』

日南面有難色地注視著那些文字。怎、怎麼了！那個表情是什麼意思！

「請、請問如何呢……？」

我由於不安而使用敬語詢問感想之後，日南沒有改變表情上的難色就把視線朝向我。

「嗯，也可以說，笨拙的感覺反而不錯……？」

「呃呃，那、那是什麼意思……？」

日南的話語令我更加不安，我靜靜地探聽她話中涵意的時候。

「就這樣直接傳過去也可以……我是這麼想的。」

語尾稀奇地沒有自信，流淌著奇妙的氣氛。呃——是不是因為這是女主角模式啊？還是因為這篇文章本身就微妙到會讓那個日南也模稜兩可的地步呢？

「呃、呃呃，也就是說……？」

「嗯……就這樣，傳過去吧……」

日南一邊歪歪頭一邊說。不過啊，這好歹也算是要我進行下去的意思吧……

「那、那麼……」我提起精神把力氣注入手指。「傳送！」

下定決心而用力點下傳送鈕。然後跟日南一起確認訊息已經傳送過去。

「嗯，接下來就只有等她回覆了呢。我想今天內的某個時間她就會傳過來了喔！」

「哦，喔。」

「那麼，辛苦了。今天差不多就這樣吧？菊池同學有回覆的話再聯絡我喔。啊，不過靠自己思考而跟她交流也沒關係的，那部分就交給你囉！我知道集體外宿的詳情之後會再主動聯絡你的。」

「我、我知道了。」

「然後，要提一下最後的課題。」

「咦？」

想說課題都結束了又有課題？我承受著衝擊的時候。

「你想想。我有說過今天的約會結束之後，說不定還有課題吧？」

「約……」

這不是約會是特訓才對吧！可是用女主角的口氣那樣講的話，就更加讓人心動了啊……露出小惡魔般笑容的日南出其不意的招數又讓我成功中招的同時，我還是想起來了。

「說、說起來有說過會看結束的情況來給課題，之類的話吧。」

「嗯。應該說啊。」

日南緊緊盯著剛才從收銀台拿到的收據的同時。

「最近有買衣服也有外食，如果接下來要參加集體外宿的話，會演變成那樣吧？住宿要自掏腰包。」

「……啊。」

說到這個，我多多少少也有感覺到那件事。

「那樣子的話，友崎同學的存款大概也快見底了吧——」

我一邊回想錢包裡的樣子，一邊沉重地開了口。

「說真的……差不多了。」

日南一邊吐氣一邊點頭。

「我想也是。所以也差不多該開始了吧。」

「該開始，是要開始什麼？」

然後日南一副傻眼的模樣皺起眉頭。

「那還用說啊！打工啦，打工！」

「打、打工……」

光是在學校還有在這裡給我的課題就已經非常斯巴達了，卻還要打工……？

日南一邊操作手機一邊說話。

「光是處於一個封閉的人際關係之中，就會有不容易看見的事物，也會有難以重現又不講理的事物吧？所以要從新的視點學習……同時也在金錢層面上做補救！」

「啊啊……也是，我覺得打工總有一天會是必要的……」

至少在金錢的層面上無庸置疑地是那樣吧。如果之後還要湊幾套衣服，去平常沒去的地方玩之類的，那樣子一直過下去的話，光靠現在的零用錢會愈來愈不夠用。因為父母已經察覺我沒有朋友，除了壓歲錢之外，只會給我最低限度的零用錢啊。真的很瞭解孩子呢。

「如此這般，總之就去這些地方面試吧！」

日南一邊說一邊把手機畫面給我看。這時，我的手機忽然震動起來。

「咦？」

就算朋友的數量比起之前增加了一點，但我手機還是幾乎不太會響。身體由於不習慣的事態而打顫的同時我看了看手機，

「……呃呃，日南？」

我感受到這種事態已經讓我腦袋的負荷完全到了極限。思考變為一片空白。

「嗯──？」

日南吐露像是在撒嬌一樣的聲音。不要再繼續誘惑我了啦……重點不是這個。

「聯、聯絡回傳之前不是會隔很久的時間嗎……？」

「……咦？」

說話的同時，日南把視線移向我的手機。

手機上顯示的是菊池同學用 LINE 回覆的通知。日南面無表情地點選畫面。我說了「欸」的同時，也跟日南一起緊緊盯著切換出來的 LINE 畫面。

『我很想去！

如果是八月的週二週三以外的時間我都有空！

友崎同學那邊如何呢？』

對於訊息傳過去後連十分鐘都沒經過就傳回來的那段回覆，日南有點訝異地確認之後，就擺出讓人覺得有所企圖的表情而撐起臉頰，後來還像是要捉弄人一樣地抬起眉毛，顯露嗜虐的笑容。

「——她應該是非常期待跟友崎同學一起看電影呢。」

「什……」

那一句話讓我的思考迴路完全短路，我只能臉頰發燙地無言以對。

經歷了這些事之後，暑假第一天的約……不對，特訓解散了。

後來在我冷靜下來後也藉助了日南的建議，跟菊池同學接連進行著一如以往的，兩方都夾雜著敬語且結結巴巴的對話，平安地決定了看電影的日程。約在八月一日星期一。喂喂是四天後喔。要是需要思考的事情再增加的話，我覺得我就撐不下去了。

可是啊……實際上是有點高興啊。就算說是有著安迪作品這種共同的牽繫好了，畢竟她都答應要跟我這種人兩個人一起去看電影了啊。

這樣的話，我也該盡我的全心全力，去做我可以做到的事情啊。

好，那麼我在當天前的三天內就專心準備，默背話題還有語調的複習、意象訓練之類的每天都要確實達成——

在我這樣計畫的時候也不會讓我如意的，才是日南同學精心設計的暑假。

＊＊＊

隔天晚上，睡前。

那是我躺在自己房間的床上，在做三天後跟菊池同學看電影的事前準備，莫名緊張的同時一頁頁地翻著寫有話題的單字卡時所發生的事。

『8月的4～5日，要空下來』

日南以那種簡潔的開頭傳過來的LINE，是『集體外宿』的聯絡。

我把單字卡放到枕頭旁邊，操作手機。

『怎麼了嗎？』

『我、優鈴、深實實、中村、水澤、竹井要一起去烤肉，而你也可以參加了』

『等等』

事先隱瞞的資訊就這樣一口氣公開。日南是不是在我的負荷滿起來的時候會有喜悅的感受啊？嗯，應該有那樣的感受吧。

『兩天一夜喔

有空嗎？』

『不，有空是有空不過先等一下啊』

『要在深實實家裡集合召開會議，明天或後天有空嗎？』

『話題也進展太快了吧！』

我又覺得思考好像要短路的同時，快速地滑著手機畫面而傳送訊息。

『所以，怎樣呢？有空嗎？』

『呃不管哪天都有空的說』

『我想也是』

『妳什麼意思啊』

不過我知道那確實是一如預料的回覆就是了。

『那麼明天中午的時候在北與野站集合喔

知道詳細的時間之後我再聯絡你』
『不，烤肉是怎樣啦。什麼時候？在哪烤？那就是之前說的集體外宿嗎？』
這個訊息顯示為已讀之後過了一陣子，我的手機突然開始響起音樂。
「什、什、什？」
由於不習慣的事態而放開了手機讓手機掉到被子上，混亂又更加膨脹了幾倍。
我再次靜靜地回到手機前，確認畫面之後，發現是日南用 LINE 的功能打電話過來。咦，什麼？LINE 也可以用來通話？
我戰戰兢兢地，用好像要顫抖起來的手指滑起畫面，接起來電。
「喂……喂、喂喂？」
『聽得見嗎？』
毫無顧慮也不含糊，莫名美麗地響起的聲音傳進我的耳中。
「呃，聽得見……可是，呃，為什麼打電話？」
『咦？因為用文字說明很麻煩。』
「這、這樣啊。」
電話對於現充來說是那麼平常的東西呢……該怎麼說，光是提到『電話』就會讓我緊張到不行的說。我不覺得我有辦法正常地對話。
『總之，關於集體外宿簡單說明的話，是要把優鈴跟中村湊在一起的集體外宿喔。』

看不見臉跟動作，意識相對地只集中在她的聲音，我陷進了明明應該聽得很習慣、澄澈又有張力的日南聲音，似乎不停地滲入腦袋深處的感覺。

「呃，哦。」

我不知道為什麼在床上端正坐姿，附和回去。

跟同個世代的異性講電話這種事當然是第一次，所以該說不禁有點感受到祕密對話一般的氣氛嗎？在這種晚上差不多要睡覺的時間進行對話的情形本身就會讓我的腦子搖來晃去，日南所說的內容我沒有好好地聽進耳裡。

『最近，你好像已經可以跟優鈴、深實實、花火或者小風香說話了，可是男性朋友果然還是很少，這種情況可是很大的問題呢。』

「啊，對……的確是。」

我心還沒靜下來，而努力地把日南說的話確實聽進去。男性朋友是不是太少的問題，我的確也有思考過。

『透過集體外宿培養跟男生之間的友情。與此同時，度過受到現充包圍的兩天，獲取大量的經驗值。這就是你在集體外宿中的目標。』

流過脖子的冷汗，由於冷氣的風又更加冷卻。

「呃──那要把他們湊成一對是？」

『當然，那件事才是主要的目的。真要說起來，一開始就是因為中村跟優鈴以外的五個人，想把老是沒有湊在一起的那兩個人湊合起來！這樣子的集體外宿喔。』

「哈哈哈……那又像是現充一樣……」

我維持端正的坐姿一動也不動，背脊也不知道為什麼挺得很直而這麼說。

『畢竟就是為了那麼做才要集體外宿，所以會希望不要妨礙到他們，如果可以幫忙的話也希望你能行動。可是你能做到的事想必很少，而且同時朝著兩個目標行動應該也很難，所以你不要太在意會比較好。』

「原來如此……」

知道要融入中村、水澤、竹井這樣子的成員中還要交到男性朋友的那一刻對我來說就已經有很重的負擔，要是再加上要把中村跟泉湊在一起的作戰的話，的確會有非常過勞的預感。

說是這樣說，是要讓那兩個人湊在一起的集體外宿嗎？身為在近距離看著泉為了讓中村高興而認真直率地選擇禮物的人，坦白說我希望能夠順利。好歹我也算是泉的師父啊，嗯。

「預算有一萬的話差不多就夠了……你有嗎？」

「一、一萬……」我想起現在的存款餘額。「大概……勉勉強強。」

『雖然最慘的狀況下我能借你，但是手頭真的很緊的話拒絕也沒關係喔？畢竟講到錢總是沒辦法。』

「呃、呃——」

我處於過勞邊緣的頭腦迷惘了一陣子。要說手頭緊真的是很緊。可是，這傢伙大概也是挺努力才製造了讓我也能參加的情況啊。也有說過總有一天要開始打工，而且這可以成為重大特訓的話……

我讓拿著手機的手，稍微注入一點力氣。

「沒關係，我會去喔。」

我清楚地斷言。

『……這樣啊。那明天就照預定在北與野站集合喔。我想大概會約在下午兩點左右吧。啊，明天是湊合作戰的會議，所以會去的是深實實、水澤還有我。』

「原來是這樣。瞭解了。」

這就代表明天的作戰會議成員，還算是容易相處的成員嗎……？

『竹井雖然也會去集體外宿，不過他派不上用場而且大概會妨礙作戰，所以會議沒有他。作戰的事情也沒跟他講。』

「喔、喔喔……」

總覺得你被輕鬆地說了挺可憐的事喔竹井。

『那麼，對了。我說一下明天會議上的課題……』

「啊，嗯。」

果然有呢。課題。

『明天的課題是——「在明天一天之內，只嘲弄水澤三次」這樣子吧。』

「嘲、嘲弄？」

我對於那種攻擊性的說法覺得有點害怕。

『對。不過，反駁他的感覺也可以就是了。理由曉得嗎？』

「不……」

我坦白回答之後，日南就俐落地開始解說。

『原本不是現充的人努力想辦法跟現充拉近關係的時候容易發生的錯誤，就是「不管怎樣都配合對方所說的話」行動。』

『不管怎樣都配合對方所說的話？』

日南靜靜地用美麗的聲音說出「對」。甚至讓我覺得電話裡頭有吐息吹出來。

『意思是說，非現充想要加入現充群體的時候，會完全同意現充們所說的話來討好他們，想辦法進入他們圈子裡頭的人很多。』

「……啊啊，原來如此。」

我稍微想了一下而同意這個說法。因為不知道要怎麼拉近關係才好，總之先從扮演「自己是有著同樣想法的人喔～」的行為開始。

然而，我也有疑問。

「可是那種做法是不對的嗎？」

我老實地詢問。畢竟，要是可以贊同對方的意見而拉近關係的話，那應該也是成為獨當一面的現充的手段吧？

『大錯特錯呢。用那種方式得手的位置，頂多是現充群體所嘲弄的對象。只會淪落成暫且加入群體的看充而已，沒辦法得到對等的立場。』

「看充……」

那是我在網路上看過好幾次的話語。我記得是觀察四周而東看看西看看的現充，應該是這樣的意思沒錯。（註7）

『所謂的看充，就是只把「屬於現充群體」這件事當成自我認同的無趣人類的總稱。明明完全沒有對等的朋友關係，行動卻要配合現充的價值觀而受到限制，在這種層面上可說是比孤單一人還要悲慘，所以必須避免刻意朝著那種方向前進的行為。畢竟，原本一開始設定好的最終目標就是「成為跟我差不多的現充」這樣呢。』

快刀斬亂麻一般地解說著的日南不禁令我苦笑。還是一樣不會手下留情。

「呃——我瞭解應該要避免成為得不到對等立場的看充啦。不過為了那樣的課題就是『嘲弄三次』嗎？」

我為了不讓父母或妹妹聽見這段對話，稍微壓低音量詢問她。畢竟家人要是聽到我在用電話講看充或者對等立場之類的事，應該會嚇一跳吧。還有我還是一樣坐得很端正。

『對。重點是為了「以對等以上的立場拉近關係」的手段。不只是贊同對方，要適度地嘲弄對方或者說難聽的話，覺得不對的地方要能確實地反駁。那麼做的話就

註7　看充的原文為「キョロ充」，東看看西看看的原文為「キョロキョロ」。

不太會被瞧不起，也不太會受到嘲弄。』

「……原來如此。」

這時我才想到，說起來這種說法，跟我擅自叫成『水澤方法』的那種雖然對對方說的是壞話，卻不會變成奇怪感受的方式有點像。原來如此，這代表那種方式應該有『建立對等以上的立場』這樣子的效果吧？如果是這樣的話，能夠自然地那麼做的水澤很猛啊。

『從結果來說，要單純地敘述高中這種地方的「階段制度」的話，可以整理成「是否擁有能夠嘲弄更多人的立場」這種說法喔。』

「……啊啊。」

這個我能直覺性地理解。她這麼說的話，中村在班上接近最強，就是因為他雖然不會被別人嘲弄可是卻能嘲弄別人，是這樣子吧。

中村要是不嘲弄別人的確就不是中村了，被大家嘲弄的中村也會讓人覺得怪……該怎麼說，這樣子想的話人際關係果然很恐怖啊。

『當然，要是過度地嘲弄跟反駁對方，只會變成單純有攻擊性，或者讓人覺得你是囉哩八嗦的傢伙而降低地位，所以才有限制次數。』

「啊，是這麼一回事啊。」

這次不是『三次以上』而是『三次』的點很重要嗎？

『總之，課題就是這樣子了。雖然在很奇怪的地方反駁不太好所以必須注意，不過之前也有嗆過紺野繪里香的前例，水澤好像覺得你本來就很有趣的樣子，所以我想多少可以容許一些失敗。對象會選水澤的原因就是這樣喔。』

「原、原來是連那方面都放進考慮的課題嗎……」

『對。這是當然的吧？』

一如以往的得意洋洋的表情浮現在我眼前。

『總之，就這種感覺囉。大概都瞭解了吧？有問題嗎？』

「沒、沒問題。我瞭解了。」

『這樣啊？那就明天見。』

「喔，好，明天見。」

然後電話應聲掛斷。只能微微聽見冷氣吹風聲的涼爽房間中，孤單地留下仍然端正坐姿的我一個人——總、總覺得我剛才好緊張啊。

而且是明天嗎？還是一樣，都沒在休息而不會讓人覺得有放到暑假啊。

再說，要嘲弄那個超絕現充水澤三次……？我有辦法做到那種事嗎？

「不過，總而言之……」

我打開桌子的抽屜，把對菊池同學用的話題單字卡收起來。

明天的會議成員是，日南、深實實、水澤。

「那麼，這個跟……這個可以吧。」

我拿出新話題的單字卡，開始一頁一頁地翻閱。

為了應付像是嘲弄或者反駁的那種應用題，我認為默背話題之類的基礎更加重要了。畢竟要是沒有打好根基，根本就做不到要在集體對話中保有餘裕而思考別的事情之類的啊。

不過我也發現，像這樣持續默背而更加擅長對話，還有變得能夠從容地與他人相處，在每背好一個話題時所產生的像是微微體會到成長的那種感受，而變得愈來愈開心。

能夠明確瞭解藉由努力得到的結果的話，努力也會漸漸地變得不會痛苦也說不定。

——而在我差不多都背好的時候。

我想到，說起來還有一件不得不做的事情呢。機會難得，就照這氣勢做下去吧。我拿出手機，連往之前日南傳給我的網址，點選上頭的電話號碼打了過去。

在響了幾次鈴聲之後，電話接通了。

『感謝您的來電。這裡是卡拉ＯＫ SEVENTH 大宮店。』

「那個……我是看到網路上有在徵打工所以打電話過來的……」

然後決定要在從今天算起的五天後，八月三日去做打工的面試。

也就是說明天，七月三十日要在深實實家開作戰會議。

之後在八月一日要跟菊池同學看電影。

再來是八月三日去做打工的面試。

並且在隔一天的四日到五日，有兩天一夜的烤肉外宿。

果然是真的沒在休息的暑假，不過啊，說不定沒有那麼討厭呢。我心裡這麼想。

＊　＊　＊

然後到了隔天。七月三十日。作戰會議當天。

集合時間如同日南的預告是下午兩點在北與野站，我在日光的強烈照射之下，於約定時間的五分鐘前抵達車站。服裝是之前買假人身上那套衣物時的鞋子跟褲……Pants，還有前天日南幫我選的短袖T恤。

今天是四個人集合好之後就要去深實實家裡討論的樣子。我去女孩子房間的經驗，只有被日南硬帶過去的時候還有教泉AttaFami的時候那兩次。兩次都是有點特殊的情況啊。我還是一整個沒辦法習慣，不禁慌慌張張的。

我環顧周遭看看有沒有人已經到了，眼裡就看見水澤玩著手機，在日蔭裡靠著牆壁的身影。總覺得他醞釀出了非常吃得開的年輕人氣氛。

光只是站立就能醞釀壓倒性吃得開氣場的物體本質到底是什麼呢？從日南至今教過我的來推測的話，自然是服裝、髮型、姿勢、表情等等各式各樣的東西綜合起來的印象吧？也就是說水澤可以讓那些東西自然地達成壓倒性高分的結果——而我必須要在今天嘲弄或者反駁這個超絕現充三次才行，想到這我的肚子就痛起來。

我重新提起精神靠近後，就跟察覺到我動靜的水澤對上目光。

「喔，文也。」

「哦，喔喔。」

水澤直呼我的名字並對我顯露不會讓人討厭的清爽笑容，輕輕舉起手應對。這單純的言行舉止強烈地爆發出我完全沒辦法散發的壓倒性帥氣感。感覺上這種些微的一舉一動就自然而然地一點一滴決定了該不該受到嘲弄的階級地位。好像很快就受到挫折了。可是我也只能努力下去。

嘲弄他。或者是做出什麼反駁。那種行為，要做三次。

水澤一邊用手擦拭臉頰上的汗水一邊開口。

「哎呀——說起來今天好熱耶——」

我的腦袋一瞬間竄過應該用『不，很熱嗎？也沒有那麼熱吧』來反駁的念頭，不過事實上不管怎麼想都很熱所以就同意他了。真危險，差點就要變成奇怪的人了。

「對、對啊——」

成長過的我應該可以順暢地說出『對啊』這一類的話語才對，不過要跟『嘲弄、反駁』這個課題同時進行，不管怎樣都沒辦法好好講。

「要是順利就好了啊——集體外宿。」

水澤他咯咯咯的，好像挺開心的樣子，像個少年一般地滿臉笑容。眼睛瞇得像貓的眼睛一樣，是容易親近的笑臉。殘留平常那種俐落氣氛的同時也帶著柔和的感覺，該不會這就是傳說中會引起母性本能的那種笑臉吧？

我也知道這個時候不該說『不，不一定能順利發展吧？說不定也有其他喜歡泉的人啊？』之類的話，所以還是打算老實地讓對話進展下去。跟課題無關，基礎的『推展話題』也不得不做啊。

呃──集體外宿的話題嗎。嗯，已經背好了。

「畢竟要弄湊合作戰啊。」

我從背起來的東西中想出適合現在狀況的話題，同時做出有點像在開玩笑的語調。

「對對對！」

「呃──畢竟他們明明就互相喜歡，卻老是沒有湊在一起啊。」

自己有所意識而對著水澤主動展開話題。因為是用錄音確認好幾次的輕快語調說的，應該不會變成奇怪的感覺才對，不過講話的同時也必須尋找可以嘲弄他或者反駁他的時機，難度提高了一個檔次。

「其實要進行這個作戰之前，也有問問看優鈴『妳什麼時候才要交往啊』的說──」

「喔喔。」

「她說是想要交往可是沒辦法自己主動出擊……還滿害怕的呢～」

「哎、哎呀──泉就是會在那種地方膽小起來呢。」

我一邊笑，一邊以接近現充的語調回答。看來是我想著要嘲弄他還有反駁他想過頭了，才會變成不是嘲弄水澤而是嘲弄不在場的泉。我想這對日南來說也不算達標。

「他們都聚在一起了，明明平常都會大聲地鬧來鬧去卻對這種事情超純情的耶。說真的要人幫忙也不會到那種地步吧？那兩個笨蛋。」

水澤再次露出容易親近的笑容這麼說道。在我一直想著要說難聽的話要說難聽的話而變成奇怪的感覺時，他便乾脆且順暢地吐露不會讓人覺得討厭的難聽話。雖然跟剛才的我一樣，對象是現在不在場的人，不過水澤果然好厲害啊。有種看了對方示範的心情。

「不只是泉……意外的是連中村都是那種感覺啊。」

我回想泉把禮物拿給中村的場面，那個中村完全喜形於色的表情跟反應。我覺得那就算用我的眼睛來看都是所謂的『有機會』。

然後水澤就帶有喜感地壓低音量說了「唉，那個啊」。

「該說那傢伙本來就很單純嗎，他就是那種人啊。你想想，像是會對 AttaFami 過度熱情之類的，也可以聯想到吧？」

「啊——的確是。」

我用配合水澤的輕佻氣氛，點了點頭給他看。我想辦法把「對方是水澤還用這種像是對等的感覺說話到底好不好呢」這種不禁閃過腦海、極度弱小的想法甩開。

要是心裡沒有想成對等就……不，沒辦法那樣想啊，這個帥哥跟我對等之類的。

「不過，講到AttaFami的話你也沒辦法說別人吧？有夠笨的。」

「啊、哈哈……的確是。」

然後終於先被水澤嘲弄了。而且該怎麼說，沒什麼討厭的感覺。這就是所謂的完全落敗吧。

「該說他們是沒有心機還是該說他們老實或笨呢……」

水澤看似傻眼，不過多少露出開心的樣子邊笑邊說。這個人真厲害啊。從剛才開始就一直把我當成目標想做的事情自然地乾脆達成。

我配合水澤笑出來並且找尋可以嘲弄他的時機時，深實實跟日南到了。唔，現在還是零次。

「哦哦——！你們兩個都好早喔～！等很久了～!?」

大動作揮著手臂靠近的深實實，身上是T恤加牛仔褲這種我看了也懂的簡素服裝，不過或許是她本來的容姿就很棒吧，散發著非常華麗的氣氛。

「久等了～」

日南則是穿著袖子有點輕飄飄的白色衣物加上好像是灰色的裙子，肩上還背著繫有一點點黃色繩子的包包。那種包包我第一次看到呢。仔細看就發覺她還戴著之前沒看她戴過的大型藍色手錶，左耳也別著某種亮晶晶的像是寶石一樣的東西。這大概代表她選擇服裝時有把那種細微的地方都做得很徹底吧。雖然我不懂但我想大概是完美的。

「大家好久不見了耶！腦筋也是！」

深實實一邊說一邊用力地拍打我的肩膀。那是比一般情況還要有力許多，讓人覺得這才是深實實的力氣。雖然還挺痛的，不過我覺得最重要的是她提起了精神。

水澤多少覺得納悶地看著這樣的情形。

「腦筋？啊啊，好像之前在食堂有說過這樣的話吧。」

「YES！」深實實邊說邊豎起大拇指。

我回想起在食堂召開學生會選舉作戰會議時遇上中村軍團的事情。說起來那個時候水澤也有聽到腦筋以及我有在幫忙演講之類的事。

「啊，對，算是啦……哈哈哈。」

我為了不讓他發覺那場演講是壯大的作假，自然而然就笑出來敷衍過去。

水澤一瞬間有點吃驚，不過還是顧慮到所有人都到齊便開了口。

「那麼出發吧～是要去深實實家吧？怎麼走？」

「啊，抱歉，那個啊——！」深實實兩手在面前用力地合掌。「我家裡，今天阿嬤好像會過來的樣子！還是去家庭餐廳之類的地方可以嗎？」

接著她閉起一隻眼睛，只用另一眼觀察大家的臉色。

「喔喔，沒關係啊。這附近有薩利亞吧。還有Jonathan's？」

「抱歉！」

深實實說完之後，又像是突然想到什麼一樣，啊了一聲出來。

「怎麼了？」水澤說。

「說起來啊！」深實實的視線不知為何朝向我。「離友崎家最近的車站也是北與野吧⁉」

「咦？」我對出乎意料的發展覺得困惑。「是、是這樣沒錯……」

「這樣的話，要不要去友崎家啊？」

然後她又兩手合掌，這次是誠心拜託人家的姿勢。

「呃、呃……」

我不知道該怎麼應對的時候，日南那邊就做出「這提議不錯！可以去嗎？」的追擊。啊啊來了。這已經是代表『別拒絕』的命令了啊。雖然完全不曉得是以特訓的層面下令，還是只是單純顯露嗜虐的那一面就是了。那、那麼，沒辦法了。

「呃……也不是不能去啦。」

「好一個友崎！可靠的男人！」

「文也家啊～真讓人期待。」

然後深實實便精力充沛地大步行走，在前面帶路。

「好——！出發囉～！」

可是深實實走去的方向，不知為何跟我家是反方向。

「不、不是那邊是這邊。跟妳家到途中都還是同一條路吧。」

「哎唷！是這樣沒錯呢！」

深實實傻氣地笑著轉身回來。然後又氣勢洶洶地邁步出去。深實實真是的。我以感覺有所顧慮的走路方式從她身後跟上去。

「嗯，總之要搜索家中呢。」

「一定要！」

而在我的背後，水澤跟日南嘲弄著我。啊啊，我一直都被嘲弄啊。完全沒辦法嘲弄別人。這就是弱角的命運嗎？

＊　＊　＊

「日、日南學姊……七海學姊……還有水澤學長……!?」

走到玄關的妹妹好像是目擊了天地變異一樣，用兩手摀住鼻子跟嘴巴。

「呃──稍微待在家裡一下可以吧？我們會一直待在我房間裡頭……」

「當、當然可以！就算從房間出來也完全沒關係！」

然後她興奮地閃亮著雙眼注視各位學長姊。這傢伙是怎樣。

不過仔細想想，學校的完美女主角日南葵不用多提，還有在學生會選舉負責那個日南葵助選演講的清秀帥哥水澤，再加上以那對黃金拍檔為對手而奮鬥的田徑社第二王牌深實實。

這三個人，不就是關友高中現在的二年級學生中，知名度最高的前三名嗎？

從妹妹與高采烈的模樣推測，大概是憧憬的學長姊就在眼前到齊，所以超級興奮吧。其中還有倒數第一名的我所以真不知道世道如何。

「媽媽——！哥哥帶了朋友……是朋友嗎!?總、總之帶了同年級很厲害的人們來了——！」

「咦!?文也他……帶同年級的!?朋友!?怎、怎麼回事!?」

「不曉得！果然很奇怪吧!?」

「該、該怎麼辦才好!?買個蛋糕之類的比較好嗎？」

「不曉得！紅、紅豆飯!?」（註8）

「煮一下比較好吧!?」

「啊——吵死人了！別管我了啦！」

看著家人之間這種吵來吵去的你來我往，深實實她「啊、哈、哈」這樣笑出來。

「……怎樣啦。」

「沒啦，友崎家裡好有趣呢！」

「總覺得沒有受到誇獎……」

這時水澤也哈哈哈笑出來。

註8　原文「赤飯」，日本人在一些值得慶祝的場合會吃的料理。

「不，我覺得這反而是誇獎喔？」

「啊？是、是這樣嗎……？」這時，我想到了課題的事。「不對，才不是誇獎吧。」

「哈哈哈！你這麼覺得？」

「喔，對。」

總算是對水澤所說的話做出了一點點反抗。

這、這樣子不知道算不算是……有反駁一次呢？是非常微小的反駁就是了。

不過該怎麼說，那應該是沒有出成課題的話就絕對不會去做的行動吧。而且這樣子，說起來的確變成了稍微提出自己想法的感覺。

重複這種行動的話就能獲得對等的關係，我覺得有點瞭解這樣子的邏輯啦。

我想著各種事情的同時，也帶著大家脫下鞋子前往房間。深實實與水澤脫下鞋子之後，就看著妹妹跟母親待著的起居室方向以及我這邊，一邊比較一邊賊笑。我打算確認日南有沒有看見我的反駁而回頭看向她的時候，就看見日南把自己的鞋子擺整齊，也順便把所有人的鞋子都快速放整齊的身影。她就像什麼事情也沒發生過一樣站起來，往我這邊走。

「……怎麼了？」

「不、沒事……」

這傢伙，果然很多地方都很厲害啊。

接著抵達的是我的房間。

「喔喔，腦筋，看樣子是發現了什麼奇怪的東西了喔。」

深實實、水澤，還有日南這三個人，在我房間裡盡情地搜索我的個人隱私。

床、書桌跟用來玩老遊戲的小小映像管電視，還有用來玩 AttaFami 的遊戲機。再來差不多就是放在床上的小型筆記型電腦，除此之外沒有什麼東西，只是個煞風景的西式房間。就算找成那樣也什麼都不會發現喔！

「這是什麼！放在裡面的手把有夠多!?」

深實實把放在我桌子抽屜裡頭的塑膠袋拿出來，像是很開心地說。

放在那個袋子裡的是我預計過一陣子再一次丟掉的，已經沒辦法用的手把。

「啊，那些是已經沒辦法用來練習 AttaFami 的手把……」

「會像這樣練到好幾個手把都壞掉喔!?」

「算是吧，有練個兩～三年的話，這樣子差不多。不過玩 AttaFami 以外的遊戲多少還能用，所以覺得丟了可惜……」

畢竟搖桿鬆弛的程度是一般的遊戲還可以拿來用的，所以覺得沒有到需要丟掉的地步。只是已經沒辦法用在需要纖細操作的 AttaFami 上頭而已。

「喔，哦……友崎果然在那方面很認真耶……」

深實實悄悄地把塑膠袋放回抽屜這麼說道。

「喔，還好啦。」

我稍微帶點自信地回話之後，水澤就在旁邊噗呼一聲噴笑出來。

「咦？」

「沒、沒啦……該怎麼說。你果然是個奇怪的人啊。」

我沒辦法理解那番話的意思。奇怪？我又被嘲弄了？

「哪、哪裡怪？」

我想辦法對他反擊回去，思考著能不能把課題的額度再賺回一次而問他之後。

「不，明明就很怪吧。」水澤他咯咯笑出來。「對不對？葵——」

水澤一邊說一邊轉向日南，動作卻做到一半就不再說下去了。

我覺得不可思議，而往水澤對著的方向轉去之後，看見的是日南用食指碰觸裝在塑膠袋裡頭的手把搖桿，不知道是不是在看搖桿鬆到什麼程度之類的，仔細檢查著那些手把的身影。

「葵？」

對於水澤的呼喚，日南罕見且明顯地肩膀打顫，不過前一刻的超認真眼光還是緩緩地變回身為學校完美女主角的目光。

「這個丟掉太浪費了……主婦的血在騷動……！」

「哈哈哈！什麼東西啊！葵有那種節省的興趣嗎？」

「可是滿浪費的對不對……!?熱血沸騰……！」

塑造出奇妙的角色，用即興發揮撐了過去。這傢伙果然很猛啊。

「不過的確是……」水澤在日南身邊坐下。「認真的程度很猛啊，這個。」

他一邊說一邊緊緊注視日南的臉。是說我對 AttaFami 認真的程度嗎？不過比起那個，更猛的是兩人的距離有夠近。是美男美女的貼身對話。

「……嗯？我有說那種話嗎？」

不知道日南是不是也不服輸，眼睛直接跟水澤對上。有說那種話嗎？指的是什麼事呢。日南的確不是說認真的程度而是說了很浪費啊。而且在這種距離還維持那種水汪汪的眼瞳。這就是現充跟現充之間的交鋒嗎。好猛啊。強角跟強角的對戰。

「奇怪？我還想說妳一定是在看那方面。畢竟很猛啊，這個。感覺很認真。」

水澤笑咪咪的。在那種極近距離使出連我這個男生都知道殺傷力很威猛的笑臉。這是笑臉加上目光由下往上的交叉反擊啊。強如日南也會因為這招而受到損傷嗎？還有不知道他為什麼是用像在反諷對方的說話方式，那麼做的理由我實在不太瞭解。

「嗯——的確是那樣也說不定？」

日南露出微笑。看來沒有受到損傷。是平手啊平手。

「……說起來，我們差不多該開始會議了吧。」

水澤站起身來，對著大家這麼說。比賽結束。是很熱烈的比賽。雖然對話的內容我搞不太懂不過我有感受到熱度。

附帶一提深實實並沒有理會那場熱烈的比賽而是一個人「這裡嗎？在哪裡啊？」

這樣子搜索著櫥櫃之類的地方尋找A片。太自由自在了。

不過真可惜啊。我是全部都放進電腦的『數學』資料夾的那種人。

＊　＊　＊

「果然試膽還是必須的呢各位！老東西比什麼都美好！」

深實實開心地提出中村・泉湊合作戰的提案。

「的確，不做到那種程度的話他們倆之間就什麼都不會發生啊。這個可以呢。」

水澤贊成那個提案。

儘管我思考了一陣子該怎麼嘲弄或者反駁，也只想得到『不，既然是那兩個人就會以自己的力量想辦法吧。我們要相信他們啊』這種會動搖這次外宿根基的話語而已，所以這次我也表明贊成。

「的、的確，畢竟常常有人說吊橋效應啊。」

「對對對就是那個吊橋效應！不愧是友崎，很懂耶！」

對於語調如此開朗的深實實話語，日南接著說下去。

「兩人獨處而拉近關係！」

這時深實實就再加上一句「對！那才是青春！」。對話的浪潮真猛。明明光是要好好跟上這陣浪潮就已經非常勉強，或者根本就跟不上，除此之外還必須思考課題的部分。我讓腦袋全力運作。

「你們兩個好像很開心呢～」水澤笑出來。「不過，剩下的就只有契機了啊。」

日南點頭。

「畢竟優鈴那邊已經確認過了所以不會錯呢。」

「而且中中也絕對超在意她的！我看得出來！」

「不，那個誰都看得出來啦。」水澤很乾脆地這樣吐槽。

「咦⁉騙人⁉」

「不，是真的是真的。文也你也看得出來吧？」

「對，實在太明顯了。」

「咦咦——⁉」

深實實反應過度地表現出驚訝。我對於順利跟上剛才那節奏不錯的對話而私下感受到成就感的同時，也準備面對接下來的對話浪潮。必須要找到空隙摻進嘲弄或者反駁才行。要那麼做就必須在某種程度上下意識地乘上對話的浪潮……啊啊，要思考的事情太多了。

要是浪潮沒有過來的話，就思考自己主動製造浪潮的方式。呃，例如這種感覺嗎？

「我們是要烤肉吧？」

「嗯？是啊。」

「這樣的話，烤肉的分工也有辦法讓他們兩個人獨處吧？」

就像這樣，自己主動做出新的提案。如何啊？

「哦，這樣不錯！」水澤用大拇指指著我。「像是生火之類的！」

來啦！成功從自己起頭的話題，誘發出有辦法反駁的要素啦！

我以事前調查過並且思考過的事情為基底，嘗試反駁。

「不，比起那個……切食材之類的不是比較好嗎？」

我想辦法跟上對話的節奏的同時，也以自己的意見反駁。

「是那樣嗎？」

水澤他直接看著我回問。好、好啊，要好好把理由說出來才行……

「你、你想想，因為生火還挺難的啊，要是交給那兩個人的話有點……」

「哈哈哈！就這種理由？的確說不定是那樣啊。」

水澤很愉快地笑了出來。從結果來看，又摻進了對泉跟中村的一點點嘲弄。要是想著得嘲弄跟反駁，不管怎麼做都會變成那樣子啊。

不過總而言之，這樣就是第二次了！就以這種氣勢達成最後一次吧！

我這麼想著的同時，一直沒有什麼機會完成最後一次而進行著討論——

「不過啊，有點那個呢。」

作戰漸漸成形時，水澤低聲地細語。

「嗯——怎麼了少年？」

深實實嬉鬧地回問。

「說起來，我們差不多要升上三年級面對考試了吧？」

「約、約好不說那個的……！」

深實實一邊臉色發青一邊說。

「不，不是說那個啦。」

對於一邊搔著眉間一邊回應的水澤，日南從旁邊補上一句話。

「可以盡情玩樂的時間已經很少了，所以想在這次外宿湊合他們，你的意思是這樣吧？」

她這麼說，而露出賊笑。

「嗯……就那種感覺。」

水澤一邊把目光從日南身上移開，一邊小聲地說。喔喔。該怎麼講，外表那樣卻意外地會為夥伴著想……呃，這是機會嗎？

我吸進一口氣。反芻著藉由對數位錄音機錄音而做的語調練習，還有從深實實跟日南，以及重點對象的水澤偷過來的技能。這樣的話，就算內心仍舊緊張，身體一定還是可以隨心所欲地行動才對。

「水澤，你那樣是在害羞？」

我使出像在開玩笑一般的語調技能，並且對水澤做出輕微的嘲弄。

然後深實實隨著我的行動微微噴笑出來。

「對吧!?我剛才也這麼想！孝弘你害羞了吧！你這傢伙～！是個好人耶！」
對於乘著我的勢頭追擊過去的深實實，水澤邊笑邊開口。
「哈哈哈。沒錯吧？我啊，是個好人喔。」
然後嬉鬧般地敲了敲自己的胸口。喔喔好猛。明明受到嘲弄卻能這樣子順著反將一軍，馬上就抓回了主導權。這就是現充的技術。
不過這樣也算是嘲弄或者反駁了三次。課題達成了。
「可是啊——小女子我也瞭解那種心情喔！畢竟都難得兩情相悅了，那兩個人，一定很登對所以很可惜呢！而且，青春……總有一天會結束……嗚嗚。」
深實實雖然加進了哭泣的演技，話中還是感覺得到認真。
「對啊。」水澤也認真地點頭。
而且我有一點，對那段對話的內容感到驚訝。
說真的，雖然說是要湊合泉跟中村的集體外宿，我一直以為實際上的重點是住在外面而好好地玩。不過並不是那樣，大家心裡是真的想要湊合他們啊。
直到不久前的我，都以為現充就只是想做什麼就做什麼，不會思考艱深的事物過著日子。不過，說不定那是誤解。
畢竟，認真的思慮著夥伴與朋友的事情的現充，在這裡就有這麼多人。
我稍微地，重新振奮了精神。

＊＊＊

幾十分鐘後。

大致上的流程定案時作戰會議就結束了，後來就是愈來愈熱烈地閒聊。

「後來，結果啊，修二那時收到父母聯絡就被叫回去了喔。」

「啊哈哈哈！在那個時間點⁉中中其實爸媽很嚴格的傳聞是真的啊⁉」

「是啊。不然妳想想看，那個不認真又笨的修二要考進關友高中，如果不是還不錯的教育家庭的話就辦不到吧？」

「的確！」

深實實很開心地嘴巴張大笑了出來。

中村在他住的地區的電玩中心，要跟其他學校的男生起衝突的時間點被叫回家去，這樣子的話題炒熱了氣氛。

日南也優雅且惹人喜愛地笑出來，同時擴展話題。

「修二雖然平常看起來很跩，不知道為什麼就是會被父母壓到抬不起頭呢。」

「就是那樣啊。雖然沒有看過啦，不過聽了從電話傳出來的聲音……感覺就像是黑道的太太呢。」

水澤用左手食指的指甲，快速劃過右手小拇指的根部。

「好、好可怕好可怕，表現方式好可怕！」

我以輕浮的語調對水澤的表現提出異議。雖然課題已經結束了，不過我就像是在自習一般，稍微做著像是嘲弄或反駁的話語練習。該怎麼說，自己這樣講的時候也覺得好像搞錯了情緒起伏。

「咦——可怕嗎？可是就是那種感覺喔。」

「說起來，如果是黑道的太太的話小指就不在了吧！」

因為不能中途退場，就維持著同樣的情緒起伏繼續吐槽。糟糕了總覺得撲空的感覺有夠強的。然後過了一陣子，水澤終就目瞪口呆地開了口。

「哈哈哈，說得也是。」

他有所保留地苦笑的同時，像是困擾般地做出附和。仔細一看，深實實也有點歪著頭看著我。

「沒、沒什麼……」

這時我回神了。不、不知道是不是我得意忘形，做出了不自然的舉動。明明日南都說了頂多三次卻擅自多做，是不是很糟糕啊？該、該怎麼辦啊好丟臉。別、別看我啊。

我由於那一瞬間的奇怪氣氛而非常輕易地意氣消沉，沉默了一陣子。是不是被當成會說莫名其妙事情的人了啊……日南傻眼的看著我。不、不過，課題算是已經達成了啊！

然後我像要逃開那種令我坐立難安的視線，而把默背起來的話題化為言語。

「不、不過比起那個……紺野繪里香她最近，好像一直都很那個，心情很差吧？」

接著深實實就做出強烈的反應。

「啊——！我也覺得是那樣！」

「總覺得樣子很奇怪呢——」日南也點頭。

「不過大概是那個吧。應該是修二看起來會被優鈴搶走所以才不爽？」

水澤的分析讓深實實說出「有道理！」贊同。

喔，喔喔，成功撐下去了。默背話題萬歲。在焦急的時候可以自然地脫口而出，是不是代表我已經熟練了呢？

就像這樣的感覺，我勉勉強強地逃過一難，不知道是不是因為已經不用思考嘲弄或者反駁別人的關係，後來我成功地拋出幾個為了今天而事先背起來的話題，而多少有辦法進入對話的循環之中。由於已經沒在做奇怪的挑戰，也沒有變成像剛才那樣的氣氛，成功地持續低空飛行。低空就是重點。

可是該怎麼說，面對這幾個現充，而且還是面對日南、水澤跟深實實這種特別擅長聊天的三個人，還算是普通地聊著的這種狀況，如果是不久前的我的話應該是沒辦法想像的，這讓我私下感受到了成就感。

不過最重要的是。

——總覺得對於對話自然地感到開心，才是最讓我驚訝的也說不定。

然後在晚上六點的時候。

深實實確認著智慧型手機的時鐘開口。

「啊，我差不多該回去了！因為家人要跟阿嬤一起去吃晚飯呢！」

日南也跟著她的動作確認時間。

「啊，是這樣啊？那差不多就解散了吧？」

「也好～！雖然晚餐去Jonathan's吃也不錯不過就解散吧！要談的都談完了！」

「哈哈哈，說、說得也是。」我也點頭。背起來的話題也都用完了。

「啊，會把友崎同學加到LINE群組喔！畢竟也可以在現場用來開作戰會議！」

「喔喔，ＯＫ。」

我對日南裝出來的聲音回答之後，水澤就站起身來，像是領隊一樣地環顧大家。

「好了，該走啦。有東西忘記拿嗎～？」

深實實迅速地擺出敬禮的姿勢。

「對於找不到ＤＶＤ有所遺憾！」

「還說這個啊？」日南看起來像是傻眼，不過多少帶著惹人憐愛的感覺笑出來。

然後四個人一起前往玄關。他們三人對妹妹說「打擾了～」之後妹妹就「請、請學長姊有空再來玩！」這樣充滿熱情的回話，我對那樣子的妹妹視而不見並且送他們三人到外頭。水澤對妹妹說了「妹妹也再見囉」之類的話後她的眼裡冒出了愛心。

以這種感覺結束了難以想像會在我家召開的現充會議，重新把門打開進入家中時，我就受到了「欸欸欸欸！為什麼你都跟那麼帥的學長姊拉近關係啊!?這也是脫離阿宅的成果!?」這種來自妹妹一點也不體貼的問題攻勢。可是啊妹妹。話說在前，我就算以現充為目標，也不會脫離阿宅。對於AttaFami的愛是永遠不滅的。

2 最適合把等級練高的地點會逐漸改變

在我家召開作戰會議的兩天後。

我隨著電車搖晃的同時，心裡也有「總覺得好像期末考當天的早上啊」之類的想法。

我所前往的地方，是上映著安迪作品的獨立電影院的所在地，澀谷。

也就是說我接下來——要跟菊池同學去看電影。連我自己都還沒辦法相信。

「深實實在那之後……嗯。後來，日南對於服裝也……」

我像這樣一頁一頁地翻著單字卡，同時為了今天接下來要進行的重頭戲，而對背起來的事情做總複習。其中也有像是逃避現實的層面在。雖然認為自己有確實利用幾天的假期時間，幾乎完美地都背熟了，不過要實際上場的時候總是會覺得不安啊。果然已經跟複習英文單字之類的一樣了啊。背的不是單字而是話題就是了。

我久違地戴上口罩，不引起他人注意而在電車中牽動表情肌肉往各種方向動作、伸展。雖然最近對於被現充包圍已經不會緊張到那種地步了，不過我現在猛烈地緊張著，所以總覺得要是不這麼做的話表情肌肉就會僵住。當然預定在抵達澀谷後拿掉口罩。

電車在埼京線中「總覺得不知道搞啥」的車站排名第一的浮間舟渡站停下來。從這一站開始就是東京都。我脫離了關東中自稱永遠第三名的埼玉，來到了東京。沒想到我的高中生活會有跟女孩子兩個人一起到東京看電影的發展呢。

約好下午兩點在澀谷的八公像前會合。我們要去看的安迪作品，是下午兩點三十分開始在澀谷的獨立電影院上映。日南的說法是先看電影，然後稍微吃個晚餐之類的同時以對話炒熱氣氛，後來再解散應該會比較好。炒熱氣氛什麼的說得還真輕鬆。不過啊，首先是電影。

抬頭挺胸，對屁股施力，讓表情肌肉動作的同時默背著話題。從事著這樣的全身勞動時，也愈來愈靠近澀谷。

這場艱難的任務會怎樣呢！啊啊，肚子好痛！

＊　＊　＊

由於「要是迷路的話該怎麼辦」這樣子的不安而提早到達澀谷，在會合時間的十五分鐘前好不容易到了八公像前。環顧四周後，確定菊池同學還沒到。

不過人還真的很多啊，澀谷這地方。埼玉雖然也有人會說『大宮是都會』之類的話，不過該說跟澀谷這種真的就在東京的都會相比還差得遠嗎？在比較城裡繁榮的樣子或者人數之前，我總覺得從氣氛給人的感覺就已經不一樣了。把澀谷比喻成現充的話大宮就是看充的感覺了吧？勉強自己的感覺令人難受。

要是思考著這種事的情形被大宮站東口的銅像，小松鼠托托發覺的話鐵定會被啃死的事先拋在一邊，我等待著菊池同學的到來。托托，我覺得跟浮間舟渡站相比的話應該會贏所以就饒過我吧。

我望著以年輕人為中心、來來往往的人群，等待著的時候便看見一道光芒往人群照了進去。那是遠觀就可以辨別的神聖崇高氣場，甚至讓我覺得那周圍正微微地飄浮著魔法陣。

我仔細地凝視，果然一如所料，是菊池同學。

菊池同學在像是白色襯衫一樣的偏寬鬆衣物上套著長袖的黑色開襟薄外套，還穿著長度差不多到膝蓋下方，偏暗橘色的裙子，看起來有點新鮮感。不過，為什麼是穿長袖呢？

那樣子的菊池同學也察覺到我，意外地對上目光。我陷入了自己的ＭＰ受到那擁有不可思議光輝的眼瞳完全吸收的感覺，同時還是想像著水澤的形象而揚起嘴角，微微地揮手。不過我的內心是『喂喂，真的要上場囉……』這種搞不太清楚是啥的混亂狀態。

儘管約好了要一起去，但之前果然還是多少沒感受到真實感，所以腦袋的處理速度跟不上現在這個在眼前成形的『接下來真的要開始約會』這種壓倒性的實際感受。

菊池同學以她那纖細的雙腿噠噠地朝著我小跑步靠近。彷彿從深山的莊嚴巨石中毫無沉澱地滲出來的清廉湧水一般澄澈，菊池同學脖子的白色肌膚如同水晶般地讓夏日陽光擴散反射，那閃耀的光線灼燒著我的眼睛。

然後，菊池同學她現在，在半徑一～兩公尺的距離。

「讓、讓你……久等了。」

不知道是不是因為炎熱，菊池同學臉頰邊泛紅邊說道。些微低頭而明顯地由下往上窺視我的眼瞳，跟夏天的熱氣相輔相成，一點一滴地融化我的心。

「呃，完全……沒有等喔。畢竟還沒到約好的時間啊。」

雖然開頭有一點點卡住，不過後來能流暢地說完。接下來要注意保持這種順暢的說話方式才可以。

「是、是這樣嗎……？」

「嗯。那、那麼……我們走吧。」

「啊，好、好的！」

果然還是覺得緊張，不過還是盡可能的不讓緊張顯露在外，慎重地調整音調，從預先做過的意象訓練中的幾種模式裡選擇台詞，並且化為言語。

「應該是，走這邊吧？」我這麼說而往獨立電影院的方向踏出一步。

「沒、沒有錯……是這邊。」

兩人就像這樣踏出步伐。

聲音跟人們雜亂地混合在一起，人群之中，在我身邊往後一點點的地方一起走著的菊池同學步伐細小而沉穩。在人們靜不下來而行走交會的澀谷街道中，讓人感覺只有這半徑幾公尺內的地方流淌著悠閒的時光，啊啊，菊池同學不只會用白魔法而且連時間魔法都能使用啊，我如此欽佩著。也感受到超乎欽佩的緊張感。

「……真、真讓人期待呢，電影。我看過了預告片了，還滿，漂亮的說。」

「對……說得，也是呢。」

菊池同學對於我拋出的話題，感覺多少有點顧慮地，斷斷續續地回答。她的樣子跟平常在圖書室那種沉著從容的神聖氣氛不同，果然周圍沒有『書本』屬性的場域的話就沒辦法隨心所欲發揮魔力也說不定。她兩手的手指在前方交扣著，扭扭捏捏地微微動著。不知道她現在是緊張，還是正為了發動魔法而在結印呢。我想大概是後者。

我不知道該從背起來的話題中拋出什麼才好，忽然間，想起了日南以前某個時候教過我的，拋出『關於對方』的話題就好的建議。

「說起來……今天明明很熱，還穿長袖啊？」

然後菊池同學她便揪起身上套著的開襟外套袖子。

「對……因為，我皮膚很敏感……」

「……嗯？」

「要是照到太陽就會立刻紅起來……」

「啊，呃──是這樣啊？」

對於預料外的回答，我不知道該怎麼附和才好。

「……對。所以我在臉和脖子上都擦了許多防晒油，不過就算那樣還是沒什麼效……」

菊池同學說話的時候，臉也漸漸地紅了起來。真、真的紅起來了……？

──以這樣的感覺進行著對話而走了一陣子，到達了目的地的獨立電影院。

「哦哦──」

那是符合獨立電影院的稱呼，以電影院來講屬於小型的建築物。（註9）有著面對道路的售票處，售票處旁邊延伸出去的通道則是入口。就像是在巷子角落蓋了一棟小小的家一樣，跟澀谷的喧囂彷彿處於不同的世界。

與所謂蓋在大型商業設施裡頭的電影院不一樣，該說有種獨特的味道嗎？感覺得到像是風格一樣的東西。所以就把這種感覺化為言語看看吧。畢竟日南之前也有說過，把在場的東西當成話題就好了啊。

「總覺得，氣氛挺不錯的呢。」

註9　獨立電影院的原文為「ミニシアター（Mini Theater）」，字面上的Mini（迷你）在以前是指影廳的尺寸，不過現在日本的Mini Theater這個詞指的是獨立營運的電影院，即沒有受到大型電影公司之類的影響的電影院。

然後菊池同學便一邊沉穩地笑著一邊悠閒地環顧四周。

「真的呢……啊！」

她像是發現了什麼般發出聲音，噠噠噠地往那跑了過去。

在那裡的，是排列在通道上頭的幾張安迪作品電影海報。由於改編成電影的時間有幾十年前以上的關係，設計上感覺得到年代。不過那種懷舊的氣氛，跟這間電影院的氣氛十分搭調。

「好厲害！」

菊池同學她，不是以平常那種彷彿能感受到魔力的不可思議的眼瞳，而是以小孩子注視著想要的玩具般閃閃發光的眼瞳看著那幾張海報。就在感覺她彷彿要把最角落的海報給吸進去般盯著瞧的時候，她便像是迫不及待般，往旁邊的海報移動。然後注視著那張海報一陣子後又往旁邊去，接著再往旁邊。

「哇啊……」

重複著那樣的動作，一張張地輪流看著海報。雖然每一張都想看，可是只能一張一張看讓人好著急！她以像是這樣的舉動，把她真的很喜歡安迪作品而且喜歡得不得了的心情傳了過來。這讓我會心一笑。

然後應該是終於從注視海報的活動中得到滿足了吧，她往我這邊跑了過來。

「……真的可以，在大銀幕上看呢！」

她由下往上看著我並且以感覺真的很開心的笑臉這麼說。她跟我之間的距離，比平常還要近。

「呃。唔、嗯。是這樣呢。」

「啊，抱、抱歉！」

菊池同學這麼說而紅著臉飛快地跟我拉開距離。

雖然相處起來的感覺不差，但在一瞬間，散發出有點令人焦躁的氣氛。

「……我們去買票吧。」

「……說得也是。」

我們倆就這樣買了票。

飲料也買好了後就稍微提早進去影院，等待電影開始。不過光是像這種在黑暗之中並肩坐在身旁位子上的狀況，就會讓人有心跳加速的感覺啊。該怎麼辦才好，這段時間。

該不會菊池同學就算在黑暗中也能微微地散發光芒吧？我這麼想而看一看她之後，發覺好像沒有那種事情的樣子，她睜大眼睛，嘴角也很開心似地上揚，以兩手抱著包包，注視著銀幕。唔，好可愛。

像這樣子坐了一陣子之後，電影正片開始上演。

＊　＊　＊

在電影高潮下定決心，悄悄地握起她的手，這樣子的發展當然沒有發生而平安地觀賞完電影。我跟菊池同學現在在獨立電影院附近的咖啡廳裡頭。是稍微早了一點的晚餐。

菊池同學吃著叫做 Loco Moco 還什麼的漢堡排加荷包蛋加沙拉加米飯的時尚拼盤一樣的東西，我則是緊張地吃著以番茄味為主的義大利麵。總覺得我最近好像常常在吃義大利麵的樣子。

「……啊。」

而且在這個時候，我發出小小的聲音——捲起義大利麵的量，沒抓好。

該怎麼說，由於『跟菊池同學兩人在咖啡廳獨處』這種狀況令我感受到史上最強烈的緊張感而有點心不在焉，讓我用叉子捲了一口吃下去的話明顯過量的義大利麵。該、該怎麼辦。

菊池同學靜靜地吃著 Loco Moco 的同時，偶爾也會把視線投向我這邊。這種情況下，把這些麵先放回盤子內再重新捲一次的話說不定會把我的緊張感傳遞出去。所以我下定決心，把捲起來的大量義大利麵一口氣放進嘴裡。

「……嗯咕喔。」

「……？」

我發出來的奇怪聲音讓菊池同學輕微地反應，把頭歪向一邊。不過不知道是不是確認了我正拚命地全力咀嚼著的樣子，又靜靜地回到自己的餐點上頭。

……我是在做什麼啊。

我花了點時間把義大利麵吞下去並反省，為了挽回剛才的失敗，自己主動率先提供話題。

「那個……最後岩雷鳥展翅高飛的橋段，我本來還在想會怎麼拍成影像，不過沒想到會用影子來表現呢！」

我塑造把真實的心情講出來的形象，加上肢體動作的同時也注意舉止不要太誇張。遵守著從日南那邊學到的語調塑造方式，也為了把剛才的『嗯咕喔』抵消掉而對菊池同學表達電影的感想。

菊池同學笑咪咪的聽著我說的話。

「呵呵，真的呢。拍成了非常棒的片段。」

「對吧！還有啊——」

我自己主動地說出幾個感想。畢竟把心裡想的事情原封不動地說出來，是我唯一擅長的啊。

不過，真的很有趣。

就是因為處於已經讀過原作而覺得非常有趣的立場，所以才會對於「要是拍得很差怎麼辦」懷著不安，不過該說在好的層面上背叛了期待嗎？感覺挺奇妙的。儘管對原作做了更改，還加入原創橋段，可是整體而言，電影確實完美地呈現了我所喜歡的原作氣氛。光是原封不動地重現或許並非是拍成影片的正確答案。

不過我覺得像這樣自說自話也不太好，再說我覺得光是一直用電影的話題銜接用餐間的空檔應該也很困難。所以——

「說起來第一學期的時候，有在圖書室聊過一些關於深實實的事情吧？」

「咦？啊，有聊過呢。那時好像很多事都滿辛苦的。」

「在那之後啊……」

我就像這樣，對她說出以快樂結局收尾的事件的前因後果，

「還有啊，說過也在意日南之類的。」

「你是指，我好奇她為什麼會那麼努力吧？」

「對對對！我不知道她有什麼理由，不過……」

「不過？」

「我有看過幾次她穿便服的樣子，而且前陣子幾個人聚在一起的時候，身上穿的也都是都是之前一次都沒有看過的衣服，我覺得她在那方面也非常地努力。」

「不管什麼地方都很講究的樣子？」

「對對對！又讓我重新體會到……」

還有像是這樣子，自己主動從之前默背的東西裡頭拋出話題，繼續擴展下去。

「說起來是安迪作品的新作嗎？好像要出了的樣子。」

「啊！沒有錯！與其說是新作，好像是發現了沒有發表過的原稿的樣子……是《溫柔的狗兒靠自己站起來》吧！」

「啊，就是那個！」

「這個月的二十一日發售喔！」

就像這樣，我努力地以共同話題吸引菊池同學發言，讓對話持續下去。多虧跟深實實一起相處了很長的時間，還有參考水澤的做法，拋出一個話題之後把那個話題擴展下去，以及對對方所說的事情加以附和，儘管笨拙，但我還是多少抓住了感覺。所以，雖然沒辦法到運用自如，然而只要有大量的話題庫助陣，還是有辦法做到幾乎不會產生沉默的時間而有辦法撐下去的程度。

也就是說，『在一對一的情況下，主要依靠自己來拋出話題活絡場子』這種，不管怎麼想應該都會分類到現充那一邊的技能，我已經有辦法使用了——

——就在我想著這種事情時。

是我們兩人都已經吃完餐點，喝著端來的餐後紅茶時所發生的事。

菊池同學以像是在找尋什麼東西般的眼光暫時盯著我一陣子，後來終究開了口。

「友崎同學，真的是……不可思議的人。」

「……咦？哪、哪裡會？」

因為實在是太突然的一句話，我至今拋出跟擴展話題的氣勢受到削弱，不禁回答得不知所措。我覺得菊池同學才不可思議地說。

「該怎麼說，雖然有點難以說明……如果失禮的話就抱歉了。」

「怎、怎麼了？」

菊池同學彷彿在找尋恰當的話語般讓視線朝下，表情認真地思考了一陣子。

然後她那純粹地發著光的眼瞳筆直地捉住了我，先說了「友崎同學你」做為開頭，然後說了這樣的話。

「有時候會突然變得很容易聊……反過來……有時候，也會突然變得不容易聊。」

「咦……」

我一瞬間陷入混亂。然而我想辦法讓思考運作，終於得到了那番話所表現的事情的答案。

那個意思，就代表。就代表說。

——儘管有時候會很順利，不過我的技能從根本上就還有許多缺陷。

我雖然覺得今天有辦法講話講得很順，不過其實也有很多講得不順的瞬間，那種時候，菊池同學就會覺得不容易聊。唔哇，剛才得意忘形還真是丟臉。說什麼會分類在現充那邊的技能啊。我是白痴嗎？

我不讓感情的動搖顯現在外表上而回她「這、這樣啊？」的同時，也做著史上最強烈的自我反省。嗯，人類不能稍微覺得成功就得意忘形呢。意思是至少要能正常地捲起義大利麵再說吧。啊啊我好想消失。

——然後，在那之後又經過了十幾分鐘。

儘管有時候會不容易聊，不過因為這樣就放棄收手的話也只是更難聊而已，所以就拋出話題跟擴展話題，以到剛才為止的狀態繼續對話。畢竟就算只是累積一點點經驗值，只要成長的話，說不定也能減少不容易聊的感覺啊。

「那麼也差不多……」

「嗯。說得也是呢。」

然後喝完紅茶的我與菊池同學走出店外前往車站，一起搭進了電車。

電車應聲搖搖晃晃的同時，菊池同學感覺有所顧慮地看著我。

「今天很謝謝你。一起看了電影，我覺得非常地開心。」

那種小小聲而似乎要銘刻於心的說法讓我內心中招的同時，我還是點頭回應她。

「我才是，非常地開心。咖啡廳的餐點也很好吃呢。」

「嗯……很好吃。」

菊池同學露出微笑。然後對話停了下來，一瞬間流淌著沉默。

我打算拋出新的話題而要開口的時候，「那個……」菊池同學的聲音比我的動作還早了一瞬間，傳進了我的耳裡。

「嗯？」

「啊，呃……那個，剛才我說了有時候會變得不容易聊之類的話……」

「啊、啊啊。」雖然有點嚇一跳，不過是講那個啊。「我沒有很在意……應該說，

我覺得那是事實……」

我把心裡的想法照實傳達。

「那個，不是那種意思……」

「不是那種意思？」

「呃……那個，我和同個世代的男孩子聊天的機會非常地少……」

菊池同學的臉變得更紅的同時，開始斷斷續續地說話。

「所以……我認為，跟男孩子聊天的時候，幾乎一定是不容易聊……不過。」

「不、不過？」

「和友崎同學聊天的時候，有時候會非常地容易聊，所以，我自己也能非常自然地說起話來，這種感受我是第一次……」

「……咦？」

我由於她說的內容而驚訝，沒辦法回以流暢的附和。

「所以……雖然說過有時候不容易聊，可是和你之間很平常地，也有很容易聊的時候，這讓我很驚訝，所以，呃……」

「唔、嗯。」

「我剛才說的，並不是負面的意思……雖然其實一開始只要說我是第一次覺得很容易聊就可以了……但如果那麼說，那個……感覺就怪怪的……」

這時菊池同學的臉紅通通的，不禁朝著斜下方。

「所以剛才所說的事情，是非常正面的意思……是很珍貴的事情……」

「原來……是這樣啊。」

我感到驚訝的同時，也感受到胸口漸漸熱了起來。

「所、所以！」

「嗯!?」

菊池同學非常拚命的與我對上目光。臉頰泛起潮紅，眼瞳溼潤。

「所以……還想要像今天一樣，一起去某個地方……我有這樣的，想法……」

緊緊揪著自己衣服袖子的同時還說著這種思緒的菊池同學的話語，根本就不可能視而不見。

所以，我又一次把心裡所想的事情原封不動地說出來。

「……當、當然可以！」

——跟菊池同學一起的電影鑑賞會，就以這種感覺結束了。

離開車站而踏上回家的路途。我把今天鑑賞會結束了的消息用 LINE 傳給日南後，馬上就顯示已讀，接著便傳來了通話通知。那傢伙回覆的速度快得很啊。

「……喂喂。」

『那麼，情況怎樣？』

對於日南突如其來像是試探的話語，我邊走邊大致說明今天的來龍去脈。

『——哦。雖然好像發生了許多事，從結果來看是非常成功的感覺嘛。』

「哦，喔……」

總覺得內心有點害羞起來，我還是回以附和。說是這樣說，悶熱的夏天夜晚，在受到路燈照亮的住宅區，一邊跟班上的女生通電話一邊走路的這種狀況，有一種奇妙的浮遊感啊。

『不過，就算那不是負面的意思，關於「不容易聊」這點，還是該反省呢。』

「果、果然……」

那是我最有懸念的點。

『因為我不是當場看見所以不曉得情形……不過有可能是害怕沉默而迅速地開啟話題，或者是……也有背起來的話題跟菊池同學不搭的可能性呢。』

「嗯——這樣啊……」

並不是只要背起來跟講出來就可以了，這方面還挺困難的呢。

『總之，簡單來說就是經驗不足，還有技能不足呢。』

「嗚呃。」

『有那種閒時說些嗚呃還什麼的話就盡早進入有辦法解決那種問題的狀態。』

迅速地訓斥。

「我、我知道了。呃——解決方法是……」

『你當然知道吧？』

「嗯，大概……知道。」

我放棄了，嘆了一口氣。

「就是更多的經驗還有特訓吧。」

『鬼正。』

結果，不管怎樣都會導引到那個方向去呢……

「總之，下次也要以那樣的感覺去努力，這樣想就可以了吧？」

『沒錯。要以樂觀的角度去思考說外宿有課題可以做了。』

「那、那樣子算是樂觀嗎……」

原來有課題可以做是一件好事呢。我在日南的精進志向之前抬不起頭來。

『嗯，下次約她去煙火大會應該還不錯吧。』

「……煙火大會嗎。」

然後又有強列的現充詞彙飛了出來。

『對。你一到家之後就要馬上約她。對她說今天謝謝她之類的，順便約。』

「咦，那、那麼快啊？」

『那當然，畢竟她都對你說過還想去哪裡玩，現在約的話她不會拒絕的吧。考量到過了一段時間有可能變成『果然還是算了……』的可能性的話，盡早做好預定不是比較好嗎？』

「啊、啊啊，嗯，說得也對……」

日南擅長的正確論述又讓我接受了。

『戶田那一帶的在這附近算是比較大的吧？』

「戶、戶田嗎……」

『對。約在中旬左右的什麼時候都可以，那方面大致上就交給你囉。』

「喔，好。」

以這樣子的感覺結束了通話，我到了家裡。

進入自己的房間後看了智慧型手機，發覺日南已經傳 LINE 過來了。確認了一下，她貼了刊載埼玉周遭特別有看頭的煙火大會日程網站網址。

……真不知道她是熱心於照顧人，還是在對我施加壓力呢。

不過她都為我做到這種地步了，如此這般，我開始編寫要傳給菊池同學的 LINE 訊息。

『今天謝謝妳！電影也很好看，我很開心。

然後在這個月的六號啊，如果可以的話，要不要一起去戶田的煙火大會呢？』

對於自己完全無法判斷成果是好是壞的訊息，我還是盡全力去琢磨。

「……喝！」

振奮精神點選了傳送鈕。接著把手機隨意扔到床上，閉上眼睛。

我約了她啊……約她去煙火大會……

對於點一下就可以簡單達成這種重大事情的文明利器感到恐怖的同時，我還是悠閒地等待著我這顆迅速鼓動起來的心臟鎮定下來。手機震動了。

「唔唔喔喔咿!?」

出乎意料的震動不禁讓我心臟的鼓動更為加速。這樣子最後會跟上手機震動的速度啊。看了一看之後發覺手機上……顯示著菊池同學傳來回覆的通知。回、回覆得真快……我緊張地按下查看。

『六號，我有空！

煙火大會，我很想去！』

我的臉上綻放出笑容。

從日南說過的『菊池同學回覆很慢』這樣子的資訊來看的話，光是回覆很快這點就能輕易地讓我的腦袋搖來晃去，就連那簡潔的LINE字句都不禁讓我覺得飄散著妖精般的氣氛。我忍耐著那壓倒性的魔力，同時開始思考回覆她的訊息。

『這樣的話，就一起去吧！

詳細時間之類的，等時間快到的時候再決定吧？』

「嗯！好的！」

這次是十幾秒後就回傳的這段訊息讓我中招，我同時把LINE關掉，趴在床上倒了下去。不行了。體力已經到極限了。

承受那麼美麗的白魔法而被奪去體力，說不定我果然有著不死者的屬性……我就這樣子閉上了眼睛。

『所以……還想要像今天一樣，一起去某個地方……我有這樣的，想法……』

說著那樣的話而紅起臉來的菊池同學，在我眼皮底下浮現。

她的模樣讓我感受到像是羞愧、害臊也像是幸福一般的心情，回過神來才發覺我已經睡了一陣子。雖然是以如此平穩的心情躺下，不過兩天後有打工的面試，三天後有集體外宿啊……嗯，現在就讓我先忘掉吧……

＊　＊　＊

電影約會的兩天後。集體外宿的前一天。

儘管明天有被現充包圍並且在外面住一個晚上的大型活動，但我現在是因為別的理由而覺得緊張。

眼前，是卡拉ＯＫ店。包包裡頭裝的是履歷表。

也就是說，今天是打工的面試。已經愈來愈不曉得這是暑假中的第幾個活動了啊。不過也有每一個活動都有為自己派上用場的感覺，所以我想這不是沒意義的。或許就是因為這樣，幹勁也一直持續下來。

進入店內後，似乎是年輕學生的女性店員發覺我進來就「歡迎光臨～」這樣子慵懶地搭話。然後「呼哇」地打了個呵欠。喔喔，真的假的。突如其來的洗禮。

那位店員留著稍微燙成波浪捲的及肩棕髮，其中一側的髮絲蓋到了耳朵上。不知道是否跟我差不多年紀呢？

「啊，我是下午三點有打工的面試，叫做友崎……」

我對她說完後，她又「啊～！讓您久等了。麻煩稍等一下～」這樣如念稿般地回應，而往裡頭跑去。那個店員打工的樣子真有夠慵懶的啊……

接著換了一位三十五歲左右的男性出來。身高很高體格也挺不錯，是有著獨當一面風範的大人。

「你好，是友崎同學吧～！」

「啊，是的！」

「我是店長柳原。那就麻煩你到這邊來吧！」

他以清晰明瞭的語調帶我進去一間包廂，開始面試。

「那麼，首先——」

雖然說是面試，不過似乎也沒有嚴謹到那種地步，而是把「一週可以來幾次呢？」、「以前有打工過的經驗嗎？」或者「預定打工到什麼時候呢？」之類的問題從頭到尾問過一遍，後來幾乎有一半是閒聊，變成在聊暑假的預定計畫或者有沒有跑社團，那一類跟打工沒有直接相關的事情。我心裡留意著至今培養的語調塑造方式而盡可能清楚明確地說話，我想應該是沒有重大失敗地成功撐下來了。

與此相比，這跟被丟在滿是現充的人群中，或者跟女孩子兩人在咖啡廳獨處對話容易得多，雖然問我是不是一定會被錄取我也說不準，不過單純討論能不能順利地撐過整場的話，靠至今的習慣算是有辦法成功撐過去的感覺。可以做到這種程度不知道算不算有成長了呢？不過，因為至少有敬語這種固定好的形式，跟長輩對話的難度或許比跟同世代的人對話還要低吧。

「面試就到這邊！有沒有錄取我會再聯絡你。」

「好的！非常謝謝您！」

面試結束，我跟柳原先生一起走出包廂。然後。

「欸？文也？」

「咦？」

轉向聲音的來源之後，發覺是身上穿著卡拉ＯＫ店制服的水澤在那邊。

「哦——！你在做什麼啊！咦，今天面試的人是文也嗎？」

「咦，怎麼了水澤，你認識他？」

「要說認識嗎，是高中的同班同學啊！」

「啊，水澤也是讀關友的？欸——！友崎同學，你知道這小子在我們這邊打工嗎？」

「不……」

這時我馬上就聯想到。指示我來這邊面試的是日南啊。

也就是說，那傢伙又給我弄了多餘的驚喜……

「欸——！那就是偶然呢！」

「是、是啊，非常地巧……」

我一邊苦笑一邊回答。

「文也今後多關照囉～說起來，店長，這傢伙有錄取嗎？」

「咦!?現在要問這個？嗯——畢竟他看來可以俐落地接待客人，我是打算錄取他就是了……」

「這樣就太好啦，文也。」

「咦？喔，喔喔！」

我想辦法跟上波瀾壯闊的發展同時，也對於「看來可以俐落地接待客人」這番話感到驚訝。水澤完全不知道我這種想法，接著搭話過來。

「我還有三十分鐘就下班了，你就一個人唱歌還怎樣等我一下吧。晚點一起去吃個飯。」

「呃，呃——」

「喂，等等，水澤，離你下班還有一個半小時才對吧！」

「被發現啦？可是很閒所以沒關係吧！面試的那段時間一個客人都沒來啊？要是不稍微節省一點人事費用的話又會被區經理罵喔！」

「唔……既、既然你都這麼說了……真是的你這人話真多……」

「所以就這樣，文也，麻煩你囉！」

水澤邊說邊拍了下我的上臂一帶。

「喔，好，我知道了。」

我完全順著情勢點頭之後，水澤就說了「那我去打掃了——」而消失在通道深處。多人對話的速度果然很快啊……

「哎呀——沒想到你跟水澤是同學呢。那傢伙嘴上功夫莫名地厲害所以挺麻煩的啊～」

「哈哈哈……說得也是。」

「那麼要怎麼辦？你要唱歌嗎？」

「嗯，應該吧……畢竟也跟他說好了。」

「啊哈哈，也對。啊，那剛剛我也都說你錄取了，就當成已經錄取了吧。今後就是以店長跟工讀生的身分相處了喔，聽好了嗎，友崎？」

「咦，好、好的！」

我對於柳原店長整個改變了的語氣感到驚訝，同時做出回覆。

「呃——那麼進來店裡的櫃檯在這邊。啊，你就先看一看做法來預習吧。因為已經合格了所以用員工價付半價就好了喔。相對地要好好工作喔。」

「瞭、瞭解了！非常謝謝您！」

「呃，那就像面試時說過的一樣，暑假結束之後會有很多人要離職，因此研修結束的時間要配合那種情況……八月中旬或下旬前後開始研修可以嗎？」

「可以！」

發生了這些事情，平安地被錄取打工了。接下來演變成為了等水澤而只唱三十分鐘卡拉ＯＫ的情況。好啊，除了人生第一次的卡拉ＯＫ是一個人唱之外都好順利呢。

＊　＊　＊

「這樣子……決定一個人唱歌是正確答案啊。」

我一個人進入包廂，然後重複著嘗試錯誤。

會這樣講，也是因為我是第一次觸碰卡拉ＯＫ的機器。

「原來如此，按這裡就會結束演奏……搜尋的方式有很多種呢。」

因為是可以直覺操作的介面，所以稍微把玩一下大致上就會知道該怎麼操作，不過要是身為卡拉ＯＫ店的店員而面對突然不得不回答客人問題的場面的話，我應該會陷入慌亂吧。真危險真危險。

「然後，這個是……」

開始操作我覺得是卡拉ＯＫ本體的機械的時候，叩叩，隨著這樣子的敲門聲，一位女性店員過來了。

「啊你好——初次見面……應該說剛見過不久～」

「咦？啊，啊啊，妳好。」

我轉向缺乏起伏聲音的出處，發覺在那裡的是我剛才進來店裡時第一個見到的，像是年輕學生的女性店員。我一邊疑惑一邊寒暄回應後，那位女性店員就無所畏懼地、慵懶地，在我對面的椅子上坐了下來。咦，這女生不是正在打工嗎？這樣子沒關係嗎？

「我是在這打工的成田鶇，麻煩你多關照～你剛有接受面試吧？」

「啊啊，請您多多關照！我是今後會在這裡工作的友崎文也。」

我盡可能地用開朗的語調自我介紹。講敬語的話我還能講得挺順的啊。

「友崎學長是讀二年級吧？高中。」

她在椅子上有氣無力且無所顧忌地往我這邊低垂身子，講話的感覺果然還是像在念稿一樣。

「咦，啊啊。是的，我是二年級。」

「我是一年級所以用平常的方式說話就行了喔～」

馬上就被任命解除敬語。難度提高。稍等一下啊，對弱角來說還太早了啊這種狀況。跟第一次見面的女生在密室中獨處。就算最近跟女生說話的頻率增加了，那跟這種情況又不太一樣。總而言之，我回想起跟深實實還有泉她們對話時的語調。

「喔，喔喔，瞭解……說起來，成田學妹，妳不是在工作？」

我覺得正大光明地坐到椅子上的成田學妹很不可思議而這麼問。首先只能從最基本的，把對方的事情當成話題開始。

「啊啊，沒關係喔——要我來打個招呼的就是店長，也就是說，我想我會坐下來他心裡也有個底。」

她一邊說一邊讓身體整個倒在桌上，眼睛像是要確認時間般稍微看了一下手機畫面。這個自由自在的店員是怎樣啊？我看著她那種樣子，同時想起之前為了跟水澤拉近關係而被賦予的課題。也就是『嘲弄，或者反駁對方』。

如果要跟他人擁有對等的關係就必須那麼做的話，說不定在這裡也該用那種方法。畢竟都被說了要培養『靠自己思考的能力』……就稍微自發性地試試看吧。我咕嚕一聲吞下口水，準備好話語，轉變音色。

「成田學妹……是有點不長進的人？」

我以稍微像在吐槽，嘲弄她般的語調說話之後，成田學妹就微微地笑了出來。

「啊，已經被發覺了？我是個不長進的人喔。」

「啊……哈哈哈。」

因為沒想到她會馬上回以肯定，我無法繼續回應，只是苦笑而已。嗯，沒辦法一直都順利呢。

「可是，不管講幾次我都一定會坐下來的——我認為他差不多也要放棄了吧。」

成田學妹只把臉從桌上抬起，一邊觸摸著髮尾一邊傻笑。那種強烈的意志是怎樣……

「店、店長……」

我對才剛認識不久的柳原店長懷抱憐憫之情時，成田學妹就說道「啊！說起來！」而提起身子，向我這邊投以認真的視線。

「怎、怎麼了。」

「肚子餓不餓？」

「咦？」

「要不要點些什麼？」

那實在過於大膽的話語，使得我的思考一瞬間凍結。

「嗯——這種時候果然還是要點最基本的薯條吧？啊，這間店點薯條的時候可以選兩種沾醬喔。其中一個麻煩選明太子醬啦！另外一個交給友崎學長選沒關係喔。」

「成、成田學妹，妳要吃……？」

「不，基本上友崎學長吃就可以了！我差不多是工作空檔來這間包廂休息的時候，有剩的話就想吃一下的程度。我的食欲可沒那麼旺盛喔。」

感覺好像是覺得我很失禮一樣，她嘟起嘴脣。

「呃、呃呃……」

真要說起來，從因為自己肚子餓而要別人點餐，再從中受益的時間點就已經……我思索這種要拿來反駁她的內容的時候，成田學妹就說「啊，更重要的是！」並且把身體探向我這邊。不行啊我完全無法掌握步調。修行不夠。

「怎、怎麼了？」

「友崎學長真的跟水澤學長讀同一所高中嗎？」

直到剛才的那種慵懶氣氛變得比較稀薄，她像是有點開心地問。

「咦？嗯，是真的喔。」

「真的嗎，那我可以就問一件事嗎？」

「……呃，什麼事。」

成田學妹的嘴角幸福般地提了起來，向前彎腰開口。

「那個……講白了就是水澤學長現在有沒有跟哪個女生之間的感覺很不錯？」

那是壓低音量，像在詢問重要事情似的語調跟表情。看起來好像也有什麼企圖。

「……不，不確定呢。」

「咦！意思是說有嗎？」

「呃，不……」

試著回想之後，大概也就是短暫的跟日南有過那方面的傳言，然而那也是誤解，這樣子的話，水澤他現在沒有那方面的對象……是這樣嗎？

「啊……說起來我沒怎麼聽說呢……沒有吧，大概。」

然後成田學妹就「嗯嗯嗯」地微微點頭好幾次。

「原來如此，這樣子啊……可以做為參考，非常感謝～」

表情看起來是已經接受了。儘管我無法摸清她的意圖，不過我想這說不定是再『嘲弄』她一次的機會，而思考台詞，慎重地化為聲音。

「成、成田學妹該不會……喜歡水澤？」

要嘲弄第一次面對的女孩子的難度對我來說真的還是高過頭了，所以我講得有一點結巴，不過還是成功地做出像在戲弄對方的語調。成田學妹稍微笑了出來。

「嗯——呃，沒啦，因為水澤學長很受歡迎，在這邊打工的女生有很多人都說喜歡他喔。所以總覺得有辦法問到的話應該挺有趣的——才問問看的說……」

「啊，是這麼一回事。」

「所以，你是問我吧……我想想喔。如果被人說我真的喜歡他的話，是滿微妙……」

「……嗯？」

然後她顯露感受不到別的含義，莫名地傻乎乎的表情。

「——不過，臉倒是喜歡啦。」

她只說了這句話之後，就稍微看一下智慧型手機的畫面，然後察覺什麼事情一般發出「啊」的聲音，表情嚴肅地站起來往門的方向走過去。

「我差不多要走了喔。因為現在出去的話差不多是勉強不會惹人生氣的時間！」

「哦，喔。」

……那種計算是怎樣啊。

「那就先這樣，感謝學長告訴我貴重的資訊～」

成田學妹最後又慵懶地說道，接著動作迅速地對我敬禮，便從包廂出去了。

「剛、剛才那是怎樣……」

真的自由自在過頭了讓我整個被牽著鼻子走。就像一陣風暴。而且，還說喜歡臉……

——可是啊。水澤那傢伙果然很受歡迎呢。

＊　＊　＊

「抱歉抱歉！讓你久等了！」

「喔喔。」

我擺出微微的笑臉，迎接打工結束，換好便服而從裡面走出來的水澤。我這種稍微笑出來的表情差不多也很自然了才對。我想要這麼認為。

「那我先走了，店長辛苦囉——」

對於水澤打的招呼，在收銀台作業的店長帶著微笑回覆。

「好好好，辛苦你了。友崎也是，下次開始要上工囉。」

「好、好的！店長辛苦了！」

後來成田學妹也從裡面出來。

「啊，學長辛苦了——！」

「哦，辛苦啦～」

「辛、辛苦啦～」我也對她說出感覺差不多的回覆。

「鶫兒，別偷懶喔？」

「我知道啦～！」

被水澤叫成鶫兒的成田學妹，以可愛的聲音回覆。鶫兒是什麼啊？我雖然有這種想法，不過大概是那樣吧，因為是成田鶫，才叫她鶫兒吧？（註10）

在店長跟成田學妹的目送下，我們兩人離開了卡拉ＯＫ SEVENTH。

「好了，那我們走吧！」

水澤一邊說一邊往車站的方向移動。

「要、要去哪裡啊？」

「嗯——這一帶什麼都有呢。有什麼想吃的東西嗎？說起來你餓了嗎？」

「呃——算是挺餓的吧。」

「這樣的話去 **Tenya**（註11）可以嗎？我回家的時候常常會去那邊。」

「ＯＫ——」

泉常講的那種ＯＫ，我漸漸地講習慣了。像這樣事先準備好可以流利地說出口的範本，而在適當的場合運用的話，我覺得就算是我也可以自然地進行對話。

註10　鶫的原文為「つぐみ」，水澤叫她的方式在原文中是取後面兩個音，叫成「ぐみ」。

註11　日本的天井（炸蝦蓋飯）連鎖店。

我們倆就這樣並肩行走，前往東口附近的 Tenya。

「說起來你怎麼現在開始找打工？手頭很緊？」

「唔、嗯——算是吧。」我一瞬間陷入思考。「你想想，外宿之類的……」

「哈哈哈。確實是會噴掉很多錢的活動啊。」

「對對對。對高中生來講一萬不是小錢。」

「我懂我懂。」

以這種感覺接續著對話。好猛啊總覺得很像朋友。

「可是啊……喔。」

水澤這麼說的時候，抵達了 Tenya。他率先開門進到店裡頭。我則是跟在他後面進去。

坐到桌位上，邊看菜單邊選擇要點的餐，告訴店員。

「哎、哎呀——不過，還真是巧呢——」

我這麼說，主動提供話題。對水澤做出這樣的行為果然令人緊張。

「很巧嗎～也對，是沒錯啦。」

有點沒辦法接受的反應。其實光是想到這是日南設的局，就讓我有點慌亂了。

「說起來啊，你這樣子，」他把手肘放到桌子上，用食指指著我的臉。「開始打工，是不是之前那個脫離陰沉角色大作戰的一部分啊？」

「唔……」

水澤他之前有說過「你看了脫離阿宅的書之類的吧！」這種跟妹妹對我講的幾乎一致的話，並且看穿了我『正想要改變些什麼』的想法。雖然日南的參與沒有透露出去，不過他很敏銳啊。而且還覺得這次的打工也是那件事的一部分。

我由於他的一針見血，什麼話都答不出來。

然後水澤他不知道為何「噗哈哈」地噴笑出來。

「咦？」

「沒啦……你啊，就算別人講得一針見血好了，有人會做出那麼好懂的反應嗎？」

「不、沒……呃──」我回想自己的反應。「……的、的確。」

他這麼說之後，我也覺得被講得一針見血後就「唔……」實在是……

「哎呀，因為你的說話方式之類的變了滿多的啊，我覺得你很努力──可是那種地方還太嫩了呢。」

那是有點難聽的話，卻同時用著開朗的語調而不令人討厭。水澤果然很擅長流暢地嘲弄人啊。雖然我也自發性地觀察嘲弄他的機會，不過找不太到空隙。

「別管了啦！」

我像是在模仿水澤的語調一樣，開朗地回他。

「不過該怎麼說，」水澤的嘴角維持笑意，但眼神很認真。「你這個人果然，該說要上的時候就會上嗎，是來真的啊？」

「咦？」

水澤他會對我說出這樣子的話，讓我有點意外。

「你想想，繪里香那個時候的事是那樣，打算脫離陰沉角色的事情也是那樣，還有 AttaFami 之類的也一樣吧。另外……以我的推測，深實實那個途中發生意外的演講，你也有摻一腳吧？」

「唔……」

「哈哈哈！看吧，你又來了喔。」

「啊。」

然後我不禁也笑了出來。就算是我，剛才那樣也太慘了。

「不過果然是那樣啊～你還真好懂耶文也。」

既然都被看露到這種地步，我就老實地招了。

「總之該怎麼說……當時是幫忙深實實，而且想要贏啦……」

我說了之後，水澤不知道為什麼睜大眼睛眨了眨眼，看向我這邊。

後來，他歪著頭的同時有一瞬間笑了出來，而終究開了口。

「你說想贏，是要贏過葵？」

「嗯，是啊。」

「……哦。」

水澤讓冰塊發出喀啷的聲音，低垂著視線拿起杯子就口。帶著疲倦光芒的眼瞳被長長的睫毛微微遮住。是不是在想著什麼事情呢？該怎麼說，他那副模樣實在太像一幅畫了，看起來就像在喝有加冰塊的酒喔。但那杯是水沒錯吧？看著他的時候，我的天丼跟水澤的上天丼都來了。就連這種地方都有等級差別啊？

「對手是葵，還真虧你能努力到那種地步啊。那樣子，是有怎樣的動機嗎？」

一邊把筷子分開一邊以沉著的語調講出來的話語，讓我思考了一陣子，

「嗯，是怎樣呢。也許是不想一直維持在遊戲輸給她的情況下吧……」

「遊戲？」

水澤一邊吃炸蝦一邊訝異地回問我。啊，我不自覺地用平常的感覺說了話。

「啊，沒啦，你想想，學生會選舉之類的，某個層面上也像遊戲吧……」

我一邊夾起炸南瓜一邊語無倫次地說話後，水澤就「啊——」地點頭。

「你這樣講的確多少可以理解。」

「真、真的嗎？」

在意外的點得到贊同，我的情緒有一點點高漲起來。還有南瓜也很好吃。

「真的真的。不過啊。明明是遊戲，卻還會認真地覺得不想輸，會有這樣的想法啊？」

「咦？不如說，就因為是遊戲才不想輸，是這樣吧……」

然後水澤就像是佩服似地「哦」一聲呼出氣來。

「你真是個很努力的人耶。」

他像是在附和我一般，以輕挑的語調這麼說完後，把染上醬汁的飯夾進口中。

不過，我也有一點點其他的想法。因為，水澤他大概也是。

「可是啊，水澤也是那麼厲害……該說很擅長對話嗎，話都講得很清楚……那個，不也是付出了相應的努力而達到的成果嗎？」

「努力？比方說？」

水澤彷彿在催促我似的問道。

「咦？比方說？呃──像是模仿擅長對話的人之類的……」

我不禁著急起來而舉例講出自己所做的努力之後。

「哦……也就是說，」水澤露出不懷好意的笑容。「你啊，有在做那種事情？」

這時我發覺到。啊，糟啦中計了啊！

「唔……」

我又發出聲音。水澤又大笑出來。

「你這個人真的很好懂耶！」

「完全中招了……」

「是中計的人不對！是說模仿別人？那種事我才沒有做過喔！」

「咦，是、是這樣嗎？」

光這樣就有那種等級的談話能力嗎？果然，現充本來就具備那種才能啊……

「那個啊，我以前就是不管什麼東西都可以很快抓到訣竅的那種人啊～所以會自然而然地暸解該怎麼做才好之類的。嗯——就是所謂的天才吧～」
水澤彷彿嬉鬧般地說道。
「啊啊，不過水澤確實特別有那種感覺啊……」
那麼我的努力到底是……做了非常多的默背還有模仿，到現在都還遠遠追不上水澤喔。受到打擊的同時回話之後，水澤就露出多少帶點嗜虐的笑容，忽然朝我探出身子。
「欸，比起那個啊。你說模仿比較擅長的人，都是在模仿誰啊？」
「咦。那、那個……」
竟然問這個嗎！現在該怎麼辦啊。
我雖然迷惘，但覺得不管怎麼裝傻應該都會被揭穿，所以就老實地招認。
「呃——雖然有很多人，不過主要是……水、水澤。」
「……啊？」
水澤一瞬間，好像真的中了出其不意的一招而目瞪口呆地張開嘴巴，然後咯咯咯的看似開心地笑了出來。
「那個，一般來說，會直接對當事人講嗎？」
「不，畢竟你都問了……就算說謊，感覺也會被揭穿。」
然後水澤這次傻眼般地笑了出來。
「總覺得，你這個人果然很奇怪啊。」

「是、是這樣嗎？」

我覺得我是太過平凡而被埋沒的類型地說。

「嗯——該怎麼講才好……比如說啊，」水澤注視我的眼睛。「我或者葵之類的人，是『頭腦很好而很聰明』的人喔。你懂嗎？」

「頭腦很好而很聰明？」

那跟一般會講的『頭腦很好』有什麼差別嗎？如果是同樣的意思，有人會自己這樣講嗎？我抱持著這種常常對日南產生的感想，同時也等待他把話說下去。

「是啊。你想想，修二、優鈴或者竹井那些人，是『頭腦不好而且很笨』喔。」

「頭腦不好而且很笨……剛才說得也是，那跟平常講的『頭腦不好』不一樣嗎？」

「沒啦，我覺得大致上是一樣的啦，不過……」

「不過？」

水澤面有難色的同時說道。

「可是總覺得你這個人，是『頭腦很好卻很笨』的樣子啊。」

「……那什麼意思？」

介於不知道是在誇獎我還是在貶低我的微妙界線啊。

「你想想，從你有在做的事情跟思考方式之類的來看，會讓人覺得頭腦很好的地方很多啊……可是卻是個笨蛋。」

「你這樣講就不是在誇我了吧。」

「不不不！這是誇獎這是誇獎！」

水澤那種像是在開玩笑一般的辯解語氣果然不令人討厭，讓我覺得他就是個強角啊。

「是、是這樣嗎？在誇獎我？」

「嗯……那個就先別談了。」

「就這樣不談了喔！」

我一邊做出開朗的語調一邊回他。剛才我是不是非常順暢地講出來了呢。

「哦，那就是傳說中的所謂模仿我的說話方式……」

「別、別這樣……！」

然而，一邊賊笑一邊說話的水澤攻擊讓我羞恥起來，我馬上就虛弱地讓話語失去力道。好強。沒有空隙。而且還順便嘲弄我。這就是現充。

「哈哈哈！啊，說起來啊，明天的準備已經做好了嗎？」

水澤迅速地改變話題。掌握主導權的能力果然很厲害啊。

「欸，算是把住在外面應該會用到的東西都塞進背包了。」

有好好地放進從日南那邊拿到的黑色背包裡頭。這麼一想，要是沒有收到那個的話說不定會很糟啊。

「喔喔這樣啊。說是這麼說，明天有辦法順利地湊合他們嗎？」

「唔、嗯——會怎樣呢……」

話題就像這樣切換到明天的活動上，我們聊了一陣子之後，用餐結束。

一起前往車站的我跟水澤，因為回家的方向不同而在埼京線的月台那解散。

「那就掰啦——」

我覺得起碼簡短的句子要像現充一樣順暢地說，而振作精神。

「喔。掰啦。」

俐落地講出來了。雖然在這種地方感到驕傲會很害羞，但畢竟成長就是成長！

後來我就搭上電車，在北與野下車走出驗票口，拿出手機。然後用 LINE 對日南傳送『我去做了打工的面試』『還有妳設計了奇怪的驚喜吧？』的訊息。

而在幾分鐘後，不知道是不是光靠文字內容就察覺了我想說的意思，她傳來了『能夠挑戰新的環境，也可以存錢，還可以跟水澤增進感情。這是一石三鳥吧？』這樣的訊息。這傢伙竟然突然改變態度啊。她果然是知情還那麼做的……

我知道那樣子很有效率，不過沒意義的驚喜就別再來了吧。

3 多人遊玩就有多人遊玩才有的好處

然後終於到來了，集體外宿當天。

我在北與野站站前等待著的時候，沒過多久深實實就來了。

「哦，很早耶友崎！那就出發吧！」

「ＯＫ——」

所有人一起會合的地點是池袋站，不過今天早上深實實突然用 LINE 傳來『我們一起到池袋去——！』這樣邀約，而變成先集合再兩人一起過去。雖然是非常現充的狀況，不過跟深實實相處也挺習慣的了，所以沒有緊張到那種地步。不如說甚至還有點像待在家的感覺。這樣子是很大的變化啊。

深實實還是老樣子保持牛仔褲加上T恤的簡樸風格，我又一次覺得她那樣看來就很時髦身材應該很好。把看似輕便的背包塞得鼓鼓的也很有深實實的感覺。

我跟深實實儲值來回的金額到 Suica 裡，進入驗票口。

「今天也很熱呢～」

「是啊——」

「這才是烤肉的好天氣呢！」

「是……這樣嗎？」

我回問之後深實實就迅速地指向天空。她大概是想指著太陽吧，不過現在是在車站裡頭所以指的是天花板。

「這是當然的啊，腦筋！肉在等待著我們！」

「哦，喔。」

雖然有時會聽人這麼講，不過為什麼炎熱＝烤肉的天氣呢？就室內派的我來看，熱天只想盡可能地避開日照的說……

不過就算說那種話也無濟於事，所以我刻意展開別的話題。

「說、說是這麼說，不知道外宿會怎樣啊。」

「是啊～到底到底優鈴她們會不會順利在一起呢？」

深實實一邊擺出像是用手指來回摩擦鼻子下方的鬍鬚一般的動作，一邊說道。

「嗯……應該得看中村的情形？」

「啊哈哈哈哈！的確！意外地很遜啊～中中他。」

深實實精力充沛地邊大幅搖動鼓鼓的背包，邊兩手扠腰笑出來。鬍子怎麼了啦鬍子。已經沒差了嗎？

「那麼，這次有沒有什麼不錯的作戰啊！腦筋！」

深實實心情很好地注視著我的臉說道。輪廓十分清楚，實際上像是人偶一般端整的眼鼻逼近我的眼前。喔喔，皮膚好光滑……我不禁別開視線。

「就算這麼說……那方面我又不擅長。」
「你又這麼謙虛！選舉的時候不是做得很棒嗎！」
她一邊說一邊拋媚眼，強勢地豎起大拇指給我看。
「啊，沒，我不是那個意思，是說戀愛情事之類的東西我並不擅長嗎……」
「原來是這樣！那的確沒錯耶！」
「喂。」
「啊哈哈哈！」
就像這樣談笑著，也隨著電車搖晃。總覺得，這樣該說是已經習慣跟深實實交談了嗎？就算什麼都不想也可以讓對話持續進展，而且她是知道我是玩家還跟我說話，更重要的是深實實看起來很開心地笑了出來，所以跟她在一起的我也會跟著開心起來。明明只是在電車裡站著講話而已，卻一點也不無聊。難、難不成這就是所謂的死黨嗎⁉
「話說我想要開始打工而去面試，結果水澤就在那邊工作——」
「欸——！好巧喔～那你們以後就是打工同事了啊？」
我也有像這樣拋出話題的時候，電車抵達了約好集合的池袋。
夾雜在走下電車的許多人之中，我跟深實實下了車。
「啊——說起來啊——友崎。」
走在月台上的同時，深實實有點客氣地開口。

「嗯？」

「那個——該怎麼說啊……」

深實實別開目光，搔著臉頰的同時說道。

「前陣子的事情，真的很謝謝你喔！我受到……很大的幫助。總覺得要像這樣再道謝一次！」

「咦。不會，嗯。沒什麼。」

我由於突如其來的感謝而驚訝。感覺到臉頰因為害羞熱了起來。

「回想之後就覺得你真的幫了我很多啊！總覺得非常有一種……英雄的感覺！我就是有這樣的想法！呃——唔、嗯！總之就那種感覺！走吧！」

深實實不像她平常的樣子著急地只說完那番話，然後咻的一下先往前了。

「咦、啊、啊啊。喔。」

我一邊跟上她，一邊思考。

從以前到現在，基本上沒有過像這樣子被人率直地感謝的情況啊。

有點溫暖的舒坦心情在胸口擴展開來。

——該怎麼說，有努力與人交流太好了呢，我有了這一類的想法。

＊　＊　＊

全體集合的地點，是從池袋站的ＪＲ驗票口出去後稍微走一下，在西武池袋線驗票口附近的地方。好像得從ＪＲ換乘西武池袋線到飯能站，然後再坐公車到野營場的樣子。

跟深實實一起抵達驗票口前的時候，日南、水澤跟中村已經在那邊了。

「嗨——」

「欸～！」

中村跟深實實互相打了個像現充一樣的隨意的招呼，然後大家也跟著互相講了「喔——」之類的話。我也算是有樣學樣而跟著他們說。

「就剩竹井跟優鈴了嗎～畢竟兩個人都是遲到慣犯啊～」水澤說。

「真的是那樣呢！早上傳的 LINE 有顯示已讀了，我覺得沒問題就是了……」日南一邊確認智慧型手機畫面一邊說。等了一陣子，就像她所說的一樣，兩個人確實來了。先到的是泉。

「大家都好早⁉我最後到⁉」

「不，竹井還沒有來的說。」

「咦⁉」泉大略環視我們身邊。「啊，真的耶……」

竹、竹井……被忘記了……？

畢竟竹井也沒被叫去開作戰會議……嗚嗚，竹井他果然……

然後過了一陣子，那個竹井也過來了。

「奇怪!?我最後到!?算了沒差！總之來個全體集合紀念～！」

一邊說著這種隨便的話，一邊啟動手機照相功能的竹井，以隨興的感覺集合所有人連續拍了幾張照片。

「ＯＫ～！傳到 Twitter 上喔～！」

這、這種我行我素的風格是怎樣。覺得他可憐真是虧了。

在那之後，所有人都隨心地一邊談笑一邊跟著西武池袋線列車搖晃，抵達飯能站。接下來得坐四十分鐘的公車去離野營場最近的公車站的樣子。

而且，現在就已經要開始湊合中村跟泉的作戰。

這時的重點在座位順序。首要計畫是設局讓中村跟泉坐在一起。順帶一提，這次的成員中男生有中村、水澤、竹井加上我共四個人，女生有日南、泉、深實實三個人。因為合計起來總共七人的關係，兩個兩個坐的話就會多一個人出來。不過我覺得多出來的那個人是我也沒關係。我要為了中村跟泉而犧牲啊……！

上了公車後，因為最後面的位子已經坐滿了，果然是可以兩個兩個坐在一起的樣子。

已經討論過幾種變成這種情形時的引導方法了。首先是日南動身。

「來，孝弘坐下來吧～！」

一邊說一邊輕快地坐到靠窗的位子，把水澤引導到她旁邊。

像這樣由女生們來指定男生座位，先湊出排除中村在外的配對，最後再催促那兩人坐在一起。

接下來是深實實動身。

「好──腦筋友崎！我坐靠窗可以吧？」

深實實說了這一類的話，而坐在日南跟水澤位子後面的靠窗位置。咦!?指定我!?

我驚訝著的同時，還是坐到深實實的旁邊。唔，距離好近。

那麼，接下來只要泉最後指定中村就可以了！雖然對竹井很抱歉，不過總覺得他也沒被叫去參加作戰會議，受到那種對待好像也習以為常了所以應該受得了才對！

「呃……」泉一邊紅著臉，一邊小聲地發出聲音。「這樣的話……呃──中……竹井。」

「咦？」中村反應。

「過、過來啦！竹井！坐下來囉！」

「真假？OK OK～！」

竹井好像沒有理解現在是發生什麼情況，擺出「被指定了好開心～」的模樣坐到泉旁邊。然後講了「搭公車紀念～」之類的話用手機跟泉合照。或許竹井非常笨也說不定。但畢竟他不知道集體外宿的目的……

「傳到 Twitter 上喔！」

他一邊說一邊操縱手機。那傢伙是怎樣。就他一個人無憂無慮。明明我們這邊考慮了許多作戰之類的。

然後當事人中村就一邊臭著臉一邊在泉跟竹井的位子後面一個人坐下。我維持在座位上朝走道探出身子的姿勢看著那樣的情形後，中村銳利的眼光就對我襲擊過來。

「怎樣啊？」

「沒、沒事。」

我不知為何覺得很對不起他，而把身體移回座位裡頭。

如此這般，公車座位湊對大作戰的結果是，由於泉害羞而造成讓中村孤身一人的這種意料不到的發展。嗯——沒辦法順利進行……應該說，泉她稍微再直率一點不是比較好嗎……？

然後我們隨著公車搖晃了一陣子。

途中已經跟座位順序之類的沒什麼關聯，前面跟後面的人都熱烈地聊起天，想到就算泉跟中村坐在一起也會變成這種情形，說不定這次的失敗並不怎麼重大。順帶一提，我雖然有辦法跟上對話，但湊合作戰的忙我什麼也沒幫到。同時達成兩項課題果然很難呢。

抵達了公車站。接下來徒步五分鐘就會到野營場的樣子。

「果然有山的感覺呢～」

泉一邊用手遮擋日光一邊說。指甲上像是亮片一樣的東西反射著太陽光正閃閃發亮。

儘管這確實是鋪好的大馬路，不過周遭有林木的綠意包圍，感覺得到自然的豐饒。

「好熱。」

中村一邊說，一邊皺著臉。光是那樣子就莫名地有魄力。

就像中村所說的一樣，太陽愈升愈高而愈來愈炎熱了。因為在山中所以或許多少比都會涼快，但就算如此還是很熱。

「好啦——！那就走吧～！」

深實實一手拿著不知何時撿來的奇怪樹枝，站在最前頭走了起來。

「深實實，不是那邊！反方向！」

「咦!?啊，真的？」

不過她馬上就被日南責備。傻里傻氣地笑出來。深實實真是的。

＊　＊　＊

日南帶路走了一陣子之後，抵達了野營場。

是樹木包圍著周遭的大型設施。從導覽圖來看，分成十分開闊的一般區，還有沿著很大的河流而設的河岸區，有兩個區域的樣子。

這次預定要住的小木屋在一般區裡面，會先在河岸區烤完肉以後再去那邊。順帶一提，是男女各住一間。很健全。

「總之一人交一萬啊～！」

水澤先跟每個人收錢，然後去付設施使用費跟住宿費之類的。因為還有剩一些錢，今後要花的費用就從那筆錢開始扣，要是還有剩就最後再分配給所有人。原來如此，效率的確很不錯的樣子。已經習慣的人果然就是不一樣啊。

進入設施之後，就看見幾組已經在烤肉的團體。在除了長椅跟小小的休息所之外幾乎什麼都沒有，像是寬廣的公園一樣的一般區，設置著一個個遮陽用的四腳篷或者大陽傘。從一家出遊到看似大學生的團體，或是看來跟我們同個世代的團體，什麼樣的人都有。

「已經有很多人在烤了～！要快去借才行！」

泉開心地興奮起來。不過我有點理解她的心情啊。這的確會讓人情緒高漲。所以就儘管以那情緒高漲的氣勢接近中村吧。

「總之要過去囉。」

隨著中村的一句話，大家到位於中央叫做『中心』的建築物去租烤肉用的套組。堆了木炭的烤爐跟烤肉夾、七人份的食材還有調理用的菜刀跟砧板。連篷子的組件都加進去的話要搬的東西挺多的。總覺得開始有烤肉的感覺了喔。把那些東西都搬到河岸區後，便開始準備工作。可能是因為離水流很近，所以覺得空氣比剛才還要涼爽。

「那麼，現在來分配作業！」

「麻煩妳啦——！」

對於日南加了演技展現出來的領導者姿態，竹井很配合地回答了。這個時候的策略是日南要讓泉跟中村變成同一組。既然是那傢伙的話，想必會很順利地達成目標吧。

「那首先是食材備料……就拜託優鈴跟修二吧。」

「咦!?」「好——」

不知所措的泉加上從容不迫的中村。一開始就無所畏懼地指名那兩個人。不愧是日南。

既然這樣的話，接下來的分配不管怎樣都沒差了吧。在我這麼想的時候。

「那麼烤肉用的篷子跟桌子的設置……因為有點辛苦所以就給孝弘和竹井，還有深實實也幫忙的話會比較好吧？」

「好啊。」「行——！」「ＯＫ——！」

那三人各自回應……欸？這樣子的話。

「剩下來的我跟友崎同學就要生火了吧？像這樣的感覺，麻煩大家囉——！」

不知為何變成跟日南一組。有要開什麼會議之類的嗎？

大家看似開心地散開到指定的位置，在盛夏的陽光之中，開始準備。

＊　＊　＊

「所以是怎樣啊？」

我以平常召開會議時的態度對日南說話。現在正在其他成員聽不見聲音的位置進行作業。事實上，這似乎是為了讓中村跟泉兩人獨處，並且讓他們的對話可以不被其他人聽見而刻意如此安排的作戰。目前從遠處觀看就能知道的情況，差不多就是竹井一邊鬧來鬧去一邊拿手機狂拍搭好篷子的紀念照。自由自在過頭了。

「你問怎樣，是指什麼？」

日南皺起眉頭。

「不，難道不是有什麼會議所以才讓我們兩個人一組的嗎？」

「……沒這回事喔。」

「咦？」

我感到驚訝。不是要開會議卻還跟我一組?那是什麼意思啊?欸?

「那、那麼為什麼?」

我總覺得有點要害羞起來了而問她,日南便冷淡地開口。

「首先單純是要照作戰讓中村跟優鈴湊一對吧?接下來,因為搭篷子很辛苦,才想讓可以掌握主導權的水澤還有力氣大的竹井去做,再來就是可以融入他們的深實曬。至於生火要是失敗的話就什麼都沒辦法做,其中也包含我自己想做的成分就是了。這樣的話你自然而然會落單,就變成這樣的組合了吧?」

「……這樣說也對啊。」

我對她那就像平常一樣理性過頭的思考嘆氣之後,日南就「而且,一直裝乖也很累人呢」這樣,小聲地只補了這麼一句。

「咦?」

「……怎樣?」

她面無表情地看向我。

「沒事……我想說妳這個人也會覺得累啊?」

「這是當然的吧。畢竟我也是個人類啊。」

「是這樣沒錯啦……人類。」

我點了點頭。差點就忘了。

「不過順便開個會也不錯呢。畢竟今天的課題也還沒對你提過啊。」

日南一邊望著被烤肉夾夾起翻轉的木炭一邊說。

「課題嗎？大致上的目標是要交到男性朋友沒錯吧？」

「對。就是這樣。接下來果然還是得多累積對話經驗值。畢竟有被小風香說『不容易聊』的情形，看來還是很嚴重。」

「啊啊，說得……也是啊。」

我再一次反芻那番話而有點消沉。當時我明明覺得還滿能順利交談的啊。

「不過話是這麼說，關於那點，我是覺得一起住在外面，無論如何都能獲取比平常還要多的經驗值，又能增加自信，我想自然而然地去做就可以達成了吧？」

「這樣嗎……所以說只要積極地進行對話，就沒什麼特別該做的課題了嗎？」

「最重要的是賺取經驗值喔。不過還是要出個另外同時進行的課題……」

「要出課題？」

「就跟上一次一樣，就讓你去嘲弄或者反駁吧。」

「……嗚噁。」

我對於上次就感到棘手的課題畏縮。看到這樣的我，日南便「呵呵」地呼出鼻息。

「而且，這次是——對中村那麼做三次喔。」

我暫時不知道該說什麼——

「對中村……!?」

我勉勉強強壓抑住差點就要大起來的聲音說道。看到我這樣的日南滿足地點頭。

「要是課題沒有逐漸變難就沒有意義了吧？」

日南刻意裝出挑釁人的聲音說。

「是、是沒錯……可是要嘲弄中村，或者反駁三次……」

我想像著，身體打了顫。那、那樣子……是會被多麼可怕的臉瞪，會被講多麼慘的話啊……他不是我可以嘲弄的對象吧……

「不過，畢竟時間十分充裕，所以要看好機會再好好做。我想你再怎麼樣都不會對我做假報告，就算在我沒看見的地方做也可以喔。」

「我、我瞭解了……」

雖然對她那份信賴很高興，但今後要面對的恐懼完全壓過那種心情。

「嗯，再來就是……這個沒到課題的程度就是了。」

日南把視線移往在遠處準備篷子的深實實、竹井，還有水澤的方向，

「也意識到要跟水澤積極地拉近關係的話，會比較好呢。」

「……跟水澤？是要交到男性朋友的延伸嗎？」

日南說了沒錯，點了頭。

「因為現在最有可能成為你的朋友，而且在之後的『人生』攻略會帶來最大優勢

的人，就是水澤。」

我對於『帶來優勢』這種實在太像日南會說的話語苦笑的同時問道。

「是指可以偷學對話技巧，也比較容易融入水澤跟中村他們群體的意思嗎？」

日南點頭。

想了一想，確實到了她會特地安排我到同一個地方去打工的程度啊。

「總之，差不多就這樣了。跟水澤拉近關係的話也比較容易進行『嘲弄中村』的課題……而且，必須要成長到不會再被人講『不容易聊』的程度才行呀。」

日南不知道為何用了似乎有點情緒化的口氣說道。雖然我不確定原因，不過說不定是那樣吧？自己培養的角色沒有得到預想中的評價，所以不甘心嗎？這幾乎已經是在拿我來玩育成遊戲了吧？

「那麼既然都知道這些了，就來生火吧。雖然工作很平凡，不過這是最重要的。」

「咦？喔，好。」

接著，日南她這次不知為何很雀躍般地眼光閃耀，在烤爐裡面放了像是火種一樣的東西，開始排起木炭。她的眼神很認真，好像很開心的樣子。

大概與其說她是對烤肉感到雀躍，不如說是「生火這個責任重大而且難度也挺高的遊戲到底能不能破關」，這樣子的玩家之魂正在燃燒所造成的結果吧。水澤雖然說我滿奇怪的，不過我覺得這傢伙才是個奇怪的人。

就像煙囪一般，日南把木炭排成筒狀。

「等、等一下，這樣氧氣的通道不就變少了嗎？」

「真笨耶。像這樣讓上面有開口的話就會有上升氣流讓空氣流動喔。」

「真的嗎？話說氣氣的流動很重要喔。」

「我知道。畢竟所謂『燃燒』最重要的就是碳跟氧的化學反應嘛。」

「是這樣沒錯啦。想一想木炭跟空氣在某個層面上，是最單純的燃燒形式呢。」

「是啊。木炭的主原料是碳。再加上空氣裡的氧讓它產生反應且燃燒。從開了許多小孔讓空氣容易進去的層面來看，也可以說木炭就是為了燃燒存在，最單純且效率最高的美麗構造呢。」

「這樣說來，用木炭生火的遊戲，只要摸清楚做法的話其實就是難度低到不行的遊戲也說不定呢。」

「對。就是那樣。」

「……所以空氣的通道真的那樣就夠了嗎？」

「真固執。」

像這樣，到現在都與平常相同地互相聊天。總覺得說不定我也沒辦法說別人。

「剛才就已經說過了吧。這樣就完美了。製造上升氣流，空氣從下方進去。你好好看著。」

「真會說啊？」

後來名為生火的『遊戲』，以日南的做法順利成功了。真的完全無法反駁耶。不愧是 NO NAME 啊。

* * *

「……好。拍好了。烤好囉——！」

竹井我行我素的先拿手機拍肉，才分配烤好的肉給大家。這就是所謂年輕人的社群網站中毒嗎？

「肉啊——！」

深實實精力充沛地發出歡喜的呼聲。烤爐的烤肉網上還有些肉。

肥肉跟瘦肉隨意分開的厚切牛肉，由於熱度而滋滋滋地融出油脂，一滴到木炭上就發出聽起來很舒服的啪滋聲。洋蔥、青椒、玉米不只是本身的色彩，連烤出焦痕的部分都散發著引起食慾的香氣。我已經不行了。好想快點吃到。

「欸？這個洋蔥的形狀好怪。是誰切的啊？」

「吵死了修二！你就安靜地吃！」

泉跟中村的對話光從互動就可以瞭解他們兩人之前應該是開心地切著食材，讓除了當事人跟竹井之外的四人都露出了賊笑。然後說了「真好吃耶——」之類的話瞞混過去。不過能這樣自然地嘲弄泉的中村果然是個強角啊。

「哦，竹井，那塊肉是我的啊。」

「等等，修二等一下等一下等一下！那是我的！」

「你從剛才就一直只吃肉吧？也吃點蔬菜吧蔬菜。」

「好、好狠喔修二～優鈴救救我～！」

「咦、咦咦!?呃，竹井別在意！加油！」

「怎、怎麼這樣～！深實實救我～！」

「交給我吧！說起來中中不是也沒在吃蔬菜嗎!?」

「哦，妳還真敢說啊深實實？那妳也吃蝦子看看啊？」

「咿，對不起！蝦子真的不行！」

「好好好，那肉跟蝦子我會吃下去的。」

「好啊蝦子就交給妳……連肉也要拿走!?可是為什麼葵那樣還不會胖啊……？」

「祕密♡」

「葵只是想吃而已啊……」

「孝弘你剛說了什麼？」

現充的對話不斷地擴展。這樣看來中村果然很強啊。「深實實受不了蝦子」這類的資訊有記起來，而且在那種時候拿來使用是不是也算一種技巧呢？

不過像這樣在夏天的熱氣之中，開開心心地你一言我一語嬉鬧。這樣吵鬧的用餐時光到了我以前從來沒有經驗過的程度，這大概就是所謂烤肉的醍醐味吧？

該怎麼說，這雖然是我從前一直否定的氣氛——不過如果不站在打算否定它的觀點，而是用打算樂在其中的心情來看，我也會覺得這是笑容、陽光，還有木炭的熱氣混合在一起，而閃閃發光的美好光景也說不定。

宴會終將結束。

「吃、吃太多了……」

泉臉色發青地摸著肚子。看到她那樣的中村皺起眉頭。

「妳啊，我中途就提醒妳了吧？說妳吃太多了。」

「可、可是……因為很好吃……」

「那種像個白痴的理由是怎樣啊？」

「真、真囉嗦！」

看起來感情不錯真是太好了。湊合作戰不是正以挺不錯的感覺進展著嗎？不過我對於得嘲弄這麼強的中村的恐懼感可是隨著時間愈來愈增加啊。

然後大家分配收拾木炭跟拆解篷子，還有把烤爐洗乾淨等等的工作，而各自做著事後處理。途中竹井偷懶不做事在玩手機時被深實實警告。他好像在把肉的照片傳到Twitter上的樣子。竹井他已經沒救了。

經過幾十分鐘後事情都處理完，歸還租來的道具後，下一個作戰就要開始。說是這麼說，接下來的計畫單純至極。只是大家在河邊玩耍而已。

雖然因為不知道會發生什麼事而沒辦法擬定作戰，不過由於他們是兩情相悅，所以之前討論的結果是營造兩個人可以獨自玩在一起的氣氛的話，他們應該就會自然而然地發展成不錯的氣氛。就剛才切食材的情形來看，的確應該會有那樣的發展。

「好了——東西還好啦！」

一邊說一邊跟竹井一起回來的水澤，竟然換穿了泳褲。咦，等一下，河裡玩水要做得那麼徹底嗎？我可沒有帶泳褲耶。

「哦——！孝弘躍躍欲試呢！這樣的話我也來！」

深實實就像要競爭般地一口氣脫掉T恤跟牛仔褲。我心想「咦？」的同時目光也被吸引過去，而在衣物之下登場的是穿著泳衣的深實實。啊，是直接穿在衣服下啊。嚇了我一跳。小蠻腰的白色肌膚讓我不由得別開眼光。

「友崎那表情是怎樣～好色——」

我被泉戲弄。

「才、才沒有……」

被這樣說之後目光又不禁看過去。深實實穿著腰部一帶圍著像布一樣的東西，以藍色為基底的泳衣。雖然她就算穿著衣服也能自然地看出身材很好，不過該說像這樣看到泳衣的姿態就更會被擊倒嗎？纖細的腰跟豐滿的胸部，手腳修長而且散發健康的氣息，微微顯露的晒痕也挺鮮明。因為她平常都開朗活潑，表情變化很多所以看起來沒有那種感覺，不過她那靜下來就像個人偶般端整美麗的五官，在夏日的景色跟泳衣的映襯下十分突出。

「那我也來～」

日南也一邊說一邊開始脫衣。喂喂妳也是穿著泳衣過來的喔？日南她沒有脫下褲子，只脫去身上穿的像是T恤的衣物，而變成了短短的牛仔褲加上泳衣這樣的服裝搭配。

脫掉上衣的日南，身材簡直像把完美這個詞彙化為實體，絕妙地殘留著女性化的肉感，不過在腹部一帶確實可以瞧見腹肌與小蠻腰的結實線條。肚臍莫名地性感。或許是因為她的姿勢很好吧，尺寸上應該比深實實還要小的胸部魅力受到強調，完成了兼具健康氛圍跟女性魅力的混搭型泳衣姿態。我到底在講什麼啊。

「我、我也穿過來了……總之就脫褲子！」

可能是害羞吧，泉的泳衣也穿在衣服底下的樣子，不過他只脫掉穿著的短褲，而變成上穿T恤下著泳衣的狀態。

穿著T恤就能感受到豐滿的胸部當然不用說，而上面有穿下面卻沒穿的那種脫離常軌的穿搭，刺激著我的想像力。明明是因為露出肌膚會覺得害羞才選擇那種穿法，卻反而賦予比露出許多肌膚更加情色的想像，這種含有悖德矛盾感的泳衣姿態就在那裡。所以我到底在說什麼啊。誰快來阻止我。

想說這樣下去我就會孤單一人顧行李還之類的時候，看來中村跟竹井也沒有帶泳褲的樣子。不過想想也是，烤完肉之後要在河邊玩，不會認真地想到要穿泳褲之類的呢。本來還想說是不是因為我的非現充思考方式作祟不過看來不是那樣所以安心了。

可是這樣子，要讓中村跟泉兩個人湊在一起的話該怎麼做才好？

「男生們除了孝弘以外都沒帶泳褲來嗎～？早知道就叫你們帶了說～」

對於傻乎乎地笑著的深實實，中村說了「妳是小學生嗎——」這樣的壞話。

「沒差！就是要玩啊!?」

在他旁邊，竹井直接穿著衣服就衝進河裡。因為是短袖短褲，而且看來也不是那麼深的河川所以應該不是沒辦法玩水，不過鬧成那樣的話一定連內褲都會溼答答吧？他有沒有帶衣服來換啊？因為要住在外面所以應該有吧。

「各位——！總之先把行李寄放到置物櫃吧！」

所有人都同意日南的提案，先把行李寄放好之後開始去河裡戲水。

＊　＊　＊

竹井如同預料馬上就全身溼透，一副已經玩開的模樣而跟有穿泳裝的水澤、日南，還有深實實開心地玩水。日南下半身穿的褲……Bottoms 也溼掉了，不過既然是那傢伙的話應該有做好準備吧。

細緻的水花就像寶石一樣反射著太陽光，而在其中綻放孩童般笑容而雀躍玩耍著的日南跟深實實，甚至讓我覺得會把這片河岸裡的男人目光都緊緊吸引過去。畢竟附近類似大學生的團體也一邊往她們兩人看去一邊小小聲地談話。哎這兩個人聚在一起真的太美了啊。

然後在河裡比較淺的地方則是中村、泉，還有我嘩啦啦地玩水。抱歉……因為我沒帶泳褲的關係，沒辦法讓你們兩人獨處……

說著「接招！」之類的話而開心地對中村出手的泉，還有就算小瞧她那樣的行動還是陪她一起玩的中村。非常地要好啊。也感覺得到兩人非常搭。我應該要立刻消失到某個地方去才對吧。所以我盡可能地壓抑氣息，消除我的存在。我由於長時間的弱角經驗所以只有這個技術非常高超，可以說在某個層面上我就是適合這個位置。我總覺得大家之前好像都有擺出「雖然不是兩人獨處，不過是友崎的話……」這樣子的表情，我也得回應那樣的期待才可以。就交給我吧。

然而這時不會看氣氛的竹井，一邊說著「喂——優鈴鈴～！既然都穿泳裝了，優鈴鈴也到水深一點的地方來嘛——」之類的話一邊過來。別再靠過來了啊。能待在這裡的只有泉跟中村還有存在感薄弱的人而已。

「咦——可是會溼掉啊～」

「別說那種話啦～！來看，小隻的螃蟹。」

這麼說而從背後把手迅速伸到泉眼前的竹井，手指夾著小小的黑色螃蟹。

「唔咦咦!?」

泉對那螃蟹感到驚訝而沒有站穩，當場腳滑。

「危險……！」

這時迅速做出反應的是中村，他將差點要倒進水中的泉，以低身類似公主抱的姿勢確實地接住。

跌進水裡的勢頭減弱，泉的身體就在水中安全著陸，變成T恤整件溼掉，頭髮則是有一半泡在水裡。中村也因此被水花潑到，身上溼了滿多的。

滴落著水珠的美男美女就在那裡。

「……！謝、謝謝……修二。」

「……妳有沒有事啊？」

「唔、嗯……全身，都不會痛。」

「……說起來，妳幹麼跌倒啊。好遜。」

「吵、吵死人了……不過，謝謝你。」

那樣子互相注視的兩個人距離很近，兩人的頭髮跟衣服又都是溼掉的狀態，所以該怎麼說，散發著妖豔的氛圍。甚至到了該這樣親下去比較好的程度。

不過在這種情況下仍然記得使用『好遜』這種話來嘲弄對方，是不是學校地位最高的人才辦得到的招式呢？不多多參考可不行。

「……抱、抱歉優鈴鈴！沒事吧!?我、我竟然做了這種事！」

在這種氣氛之中，竹井他大幅搖動泉的肩膀，非常融入感情地道歉。感覺超級後悔的，是現在就快要哭出來的那種氣勢。雖然他又完全破壞了那兩人的妖豔氛

圍，不過看來沒有惡意所以我覺得就算了。

不過從他的反應來看，應該只是沒有想過在河裡有那種行為會很危險的樣子，而順勢給她看螃蟹吧？話說順勢給她看螃蟹是什麼意思？

「沒事吧～？」

察覺我們這裡發生了一些事故的日南，從遠處問道。

「沒、沒事～！總之沒事了——！」

被中村扶著而重新站好的泉，一邊揮手一邊回覆。

說真的竹井剛才的行動並不是可以稱讚的行為，不過從結果來說，中村跟泉的距離大概是目前為止最靠近的吧……天然呆又不會看氣氛的白痴真可怕啊。

然後我忽然把視線朝泉看過去後……溼透的T恤緊密貼著她的胸部跟肚子，我發覺她身體的線條處於非常強烈浮現出來的狀態。

可以看見整個貼上肌膚的白色布料透出了以黑色為基底的泳衣輪廓，就連泉肌膚的顏色都浮現出來了。而且衣服還十分惱人地緊緊貼住、明確地描繪出那兩個碩大圓潤的形狀。那種透明感跟緊密感有一種像是在看不該看的東西一樣的寫實感受，產生出比起直接看見肌膚更會搔動男人感情的那種煽情景象。泉的胸部，果然很大啊。

附近年輕男性的視線集中在泉身上。

「……!?」

或許是發覺那些視線了吧，泉很快地用兩臂遮住隱藏胸部。不過那樣子讓胸部擠得更緊，反而諷刺地更強調出了那邊的大小。我覺得再看下去就不太妙了，而一邊把臉別開一邊開口。

「快、快點換件衣服比較好。」

我說話的時候，腦袋裡還是擺脫不了剛才所看見的影像。緊緊貼著的輕薄布料。碩大的兩個圓。微微透出來的肌膚顏色。像是很羞恥般地溼潤眼瞳，以兩臂隱藏胸部，紅起臉的表情。

原來如此，也就是說比起穿著泳衣的樣子，T恤溼掉而透出來的模樣更加情色啊，我在『人生』這款遊戲中又學到了一件很重要的事情。不，所以我在說什麼啊。

＊　＊　＊

「哎呀——玩得真的很開心！」

把泳裝換成T恤的深實實滿足地說。從窗戶照進來的陽光正在西沉，外頭漸漸地染上夕陽的顏色。

「是啊——有回到少年時代的感覺了啊～」

水澤一邊點頭，一邊從置物櫃裡拿出行李。

「竹井不只是感覺而已，真的變成了小鬼頭了啊。」

中村的嘲弄讓竹井洩氣地說了「對、對不起啦～」。不過只是這樣子，就散發出中村的地位比竹井還要高的氣氛啊。畢竟竹井嘲弄中村之類的畫面，連想像都做不到。雖然我嘲弄中村的情形也沒辦法想像，不過接下來非那麼做不行。

泉在那之後馬上就換了別件衣服，又跟中村一起在水淺的地方玩耍。我只是一直留心讓自己的存在感變得稀薄，深實實也對我打出『友崎存在感低得很好！』這樣的稱讚信號。我這種人也能派上用場真開心。

「接下來要做什麼？總之先去小木屋稍微休息？」

「嗯，我覺得那樣可以！」

由於水澤跟日南的領導氣質，很快地決定好下一個行動。變成要回到今天預定要住的小木屋，先把行李放好。

「好了——那就出發吧。」

隨著水澤的話語，男女分別開始移動。

也就是說，我接下來是處於單獨進入所謂中村、水澤、竹井的中村軍團之中的情形。真的假的。太可怕了……可是這大概是可以達成課題的機會啊。

然後，到了小木屋。

大概五坪左右的一房，一整面都是用木頭蓋成的小屋。

「唔喔～～！什麼都沒有～～！」

在只有地板、窗戶、門跟天花板的小屋，竹井對於『什麼都沒有』這種事情開心地鬧起來，後來像是玩膩了就坐著不動。能對於沒有東西感到喜悅，人生好像很快樂真不錯啊。

「記得這裡可以借撲克牌之類的？」

「對，好像可以免費借用。」

對於中村一邊懶散地坐著一邊講出來的問題，水澤俐落地回答。

「到了晚上就要去溫泉吧？那麼在那之前就隨便打發時間吧……友崎。」

「咦？」

「不，比起那個啊——最近你啊，跟島野學姊之間怎樣？」

制止叫住我的中村，水澤帶來了別的話題。剛才那個，是不是打算要我去拿撲克牌啊？好可怕啊中村。不、不過我還是會嘲弄你的喔！

還有水澤所說的島野學姊……是那個嗎！之前日南在家政教室說過的，「就是這樣子才會被島野學姊甩了！」……

也就是指似乎在第一學期甩了中村的我們學校的學姊。不愧是水澤。想必是為了湊合作戰，而要調查各種事情吧？為了攻略遊戲，收集資訊確實很重要。我對於AttaFami也是一直都會看頂尖玩家的Twitter或者綜合討論串來確認新的發現。

「……突然問這是怎樣？什麼事都沒啦。」

「已經什麼關係都沒了？」

對象是中村還能這樣逼迫他的人，大概也只剩水澤跟日南了吧。我心裡頭有著『自己不能逼迫中村』這樣子的前提，一定就是所謂的階級制度。不過，今天一定要想辦法把那種制度翻轉個三次才行啊！

「嗯，就有時候會傳 LINE 的程度吧。」

「哦，又開始聯絡了喔。怎樣啊，是還要復合之類的？」

水澤坐在中村旁邊的同時，也漸漸深入大家應該想要聽的部分。果然很厲害啊。我總有一天也會有辦法模仿這樣的行為嗎？

我想辦法觀察可以嘲弄中村的時機，同時聽著他們的談話。

「那傢伙現在有男朋友……說起來，幹麼突然問這個啊？」

「沒有啦，說到外宿果然就是要講戀愛的事吧。對不對？」

水澤看了我。我打算想辦法多少輔助他收集資訊，覺得就算只學到表面也要把水澤深入話題的感覺模仿起來，便坐到兩人的正面，豎起大拇指。

「說得沒錯呢。」

「友崎別太囂張。」

然而中村那實在有夠高高在上的話語刺穿著我的心。太可怕了。明明回答得很順的說。不如說那番話反而讓我感受到了『就你這傢伙還敢順著回應啊』的意涵。該怎麼說，階級地位的差別實在太大了。

不過中村他「唉」地邊嘆氣邊說著「總之，狀態很微妙」。這樣一點一滴地透露出資訊。

「狀態很微妙？」水澤問。

「那傢伙，明明交到男朋友了又跟我聊 LINE，做了『跟現在的男朋友處得不好』之類的諮商喔。嗯，我也沒有想到要跟她復合的地步啦，但總之很微妙吧？」

「啊——」水澤的眉間產生皺紋。「挺微妙的啊。」

「嗯——我也想要趕快去追別人，但實在不容易啊。」

「要是感覺跟島野學姊還有可能性的話，就不太有辦法去追別人呢。」

「畢竟胸部大啊。」

然後兩人都笑出來。唔喔喔，是男生聊天的感覺啊。

把剛才的對話整理起來的話，差不多就是之前有在交往不過甩了他的島野學姊，最近有傳『跟現在交往的男朋友處得不好』這種內容的 LINE 給他了。也就是覺得自己好像又還有機會，所以不太有辦法去追下一個人，這樣的感覺吧？

不過那該怎麼說……是那個吧？

「怎樣啊友崎，那什麼臉？」

或許是臉上表現出我在思考吧，中村一邊瞪著我一邊說。

「啊，沒、沒事。」

「你在扭扭捏捏什麼啊感覺真不舒服。」

心情不好的中村毫不留情地講出無禮的話。水澤一邊笑一邊看著我。

「文也，你是有什麼想法吧？」

「算、算是有……」

「是什麼是什麼？」

水澤以充滿期待的表情看著我。你是在期待什麼啊。

不過剛才我確實感受到了『啊，好像可以嘲弄』這樣的預感。好、好吧，現在就鼓起勇氣說說看吧……！

「不就？」

「沒、沒啦，該怎麼說，那個島野學姊在做的事情不就……」

我一邊調整呼吸，一邊冷靜地把剛才感受到的預感化為言語。

「——不就是，所謂的找備胎嗎？」

說出來的瞬間，水澤先誇張地大爆笑。然後竹井像是被他帶領似地爆笑。

戰戰兢兢地看著中村那邊，發覺他眉間擠了一堆皺紋瞪著我。

好、好可怕。不過仔細想想就知道這無可奈何。畢竟我剛才把中村說成是備胎。

「你這人，太囂張了。」

然而他的話語沒有平常那樣的魄力，後來或許是放棄了而改變態度吧，他說出

「啊——對啦我就是被當備胎了！」而敞開兩手大叫，讓水澤跟竹井的笑聲更為加

速。中村也有這樣子的模式嗎？不過該怎麼說，我覺得剛才那種受到嘲弄『讓他被人取笑』的感覺，反而被他變成了『讓人笑出來』的感覺。該、該不會這種的也是關於嘲弄他人跟受到嘲弄的技巧吧？如果是這樣的話對我來說太高超囉。

總而言之，雖然心臟還是噗通噗通地跳，不過這無庸置疑是達成了一次。後來水澤終究鎮定呼吸，一邊用手指擦掉眼淚，一邊重新開始收集資訊。

「備胎的事就先放到一邊，這樣的話，你有下一個候補嗎？」

中村顯而易見地咂舌後，像是已經死心了，

「那也挺難的啊。有是有啦，不過連那傢伙都跟我做戀愛諮商啊。」

「……哦？」

水澤的語氣改變了。不過我也有點嚇了一跳。

如果跟大家的預料一樣，中村接下來當成目標的女生是泉的話，這話就代表泉本人有找中村做戀愛諮商了。不不不，這樣的話是怎麼一回事啊？因為泉喜歡的就是中村才對啊？還是說中村他在意的對象並不是泉嗎？如果是這樣的話那就是非常大的失算。

「那是怎麼樣的諮商？」

「『雖然現在身邊有喜歡的人，不過對方大概不會注意到自己，不知道該怎麼做才好』這樣子的感覺。」

「……哦、喔喔。」

水澤吐露佩服般的聲音，同時用手把嘴巴摀住。是為什麼呢？要是剛才不是我多心的話，水澤看起來像是在忍笑耶。

所以啊。果然變成了奇怪的狀況。因為中村當成下個目標的女生如果是泉，就會變成泉對中村做了『雖然現在身邊有喜歡的人，不過對方大概不會注意到自己，不知道該怎麼做才好』這樣的諮商——唔喔喔！是這個意思喔！

該說經過思考了之後就一口氣有了啊哈體驗（註12）嗎？我嚇了一跳。也就是說，這是泉跑去對當事人中村做出『現在身邊有喜歡的人』的諮商的意思啊！就代表是拿中村的事去跟中村諮商，是這麼一回事啊！真的假的啊！那種酸酸甜甜的進進退退是怎樣啊！水澤剛才在忍笑就是這麼一回事嗎！

不過聽了那番話的竹井就單純地說著「嗯——也就是說連那個人都沒什麼機會嗎～」。沒問題嗎竹井，就連我也知道喔。

話說回來，泉其實有好好地採取攻勢啊。不，搞不好像那樣的行為很普通也說不定，現充的世界果然很猛啊。

這時我的手機在口袋裡頭震動。看了一下，發覺水澤在日南加我進去的湊合作戰會議用 LINE 群組裡發了訊息。

註12　原文「アハ体験」，指的是「感受或察覺之前一直不知道的事情的體驗」，即靈光一閃之類的時候的感受。アハ的語源就是英文的「A-ha!」。

『島野學姊好像有找修二做「跟現在的男朋友處得不好」這種諮商（笑）說是因為這樣才有點難追下一個人』

他是什麼時候打的字啊。他確實有時候會碰手機，不過明明人就在眼前卻完全沒有發覺。然後深實實對他的訊息有了反應。

『啊——那個學姊確實會做這種事！我不擅長應付！』

『性格很差呢～』水澤傳訊。

『把修二當備胎啊？（笑）』日南傳訊。

『剛才文也也在這邊直接說修二是備胎，真的有夠好笑』

『真假？不愧是友崎！』深實實傳訊，還貼了爆笑著的兔子的貼圖。

喔喔，總覺得很熱鬧地對話著。這就是所謂的群組聊天嗎？

那麼我也要傳個什麼才行吧。我不曉得操作手機的行為會不會被人覺得不自然，稍微瞄了一下中村跟竹井他們之後，發覺兩個人都在用手機。哦，這是怎樣。在現充的世界裡頭，是不是有著「現在是智慧型手機的時間喔」這樣子的回合呢？不過這樣子就可以安心使用了。順帶一提我稍微瞄到的竹井的手機畫面顯示著Twitter。太不出所料了。

我輸入『說了之後被瞪得死死的』這樣的訊息，傳送。

『wwwwww』深實實回覆。

『友崎同學進攻過頭了！（笑）』

『今天的隱藏MVP是文也了啊』

喔喔成功了好像很有哏。

靠文字跟文字，沒有半點聲音炒熱了場子。

『說起來啊！這裡也從優鈴那邊聽到炸彈發言了喔！』日南傳訊。

我打算在LINE群組裡面也要努力附和看看。輸入訊息。

『炸彈發言？』

『嗯。優鈴她好像硬是對修二做「現在有在意的人」的諮商的樣子！（笑）』

然後水澤他，就傳送一個外觀簡潔的男性手朝前講著「稍等一下」的貼圖，

『修二也是，說當成下一個目標的女生找他做「現在有在意的人」的諮商（笑）』

『那什麼鬼好糟喔（笑）』

完全兩情相悅！』深實實回覆。

『快點交往啦。』日南回覆。

我先不看以這種感覺炒熱了氣氛的LINE群組，發覺跟群組毫無關係的竹井跟中村兩人在旁邊討論，炒熱了別的場子。

「差不多也只能過去了吧～！」

「對啊，走啦孝弘，友崎也是。」

水澤隨著他的聲音「喔」一聲站了起來。

我「咦？」地疑惑時，竹井就「哎呀，還會有什麼事！」這麼說道，豎起大拇指。

「當然是闖入女生房間啊！」

「咦咦咦!?」

我也被捲進現充的氣勢，準備前去女生正在休息的小木屋。

＊　＊　＊

「喂——」

中村一邊說一邊敲起女生小木屋的門。從裡面傳出「怎麼了——？」這樣的聲音後馬上就把門打開，然後一邊說「妳們很閒吧？來玩點什麼吧」一邊毫無顧慮地走進屋裡。這種強大是怎樣啊？

「就想說中中一定會來！」

深實實伸展雙腿一屁股坐著說道。

我也跟在水澤跟竹井後頭，走到屋內。總覺得心靜不下來啊。

在一個個放著零食小包裝還有喝過的寶特瓶的地板上，隨意坐著的三名美女。插座插滿了充電器這點莫名地瀰漫著生活感，這間房裡不知道是有香水的味道還是衣服的味道，跟男生的小木屋不一樣，多少飄散著人工的香氣。那是奇妙的雜亂感跟女孩子氣共存著的空間，讓人直覺地認為這裡大概是我本來不應該待著的地方。

「說要玩點什麼是要怎樣——？」

泉以有點期待的語調說。

「嗯——總之就隨意玩玩UNO或者撲克牌之類的遊戲決勝負吧。」

——遊戲。

由於中村那番話而眼睛閃過光芒的，看來除了我之外還有一個人啊。

「好啊——總之先選一個吧——？」

日南雖然是用溫柔的語調說話，不過她內心深處燃燒著的鬥志映入我眼中了。

「那先玩大富豪吧。」

「OK！就大富豪！」

日南語氣開朗地說的那一句話，就是死鬥開始的信號。

＊　＊　＊

「有、有這種情形？」

泉以甚至感到害怕起來的語氣說。

以七人制的遊戲規則，也就是平民有三人，再來是大富豪、富豪、貧民、大貧民這四個人的規則開始的大富豪遊戲。

由於中村「有的話不就很無聊嗎？」這樣一番話，所以沒有一落千丈（註13）的規則，開始決勝負。

然後結果是，雖然從開始遊戲算起來這是第九局了，不過除了第二局跟第四局我跟日南各自有一次沒當上富豪外，我們兩個都獨占著大富豪跟富豪的位置。哼，不愧是NO NAME。雖然我在網路對戰上應該鍛鍊了不少才對，不過她果然很強呢。

順帶一提，成為大富豪的次數，日南跟我都是四次。

然後，這一局比賽就是最後一局，講好了結束之後就要去泡溫泉。

也就是說在這一局中成為大富豪的人，就能贏過對方。只有這一場不能輸掉。

我一邊看自己手上的牌，一邊思考最佳流程。

應該出「階梯」嗎……還是應該留下對子呢？

出了「階梯」的話這一回合就可以一口氣減少四張手牌。儘管沒有階梯革命而不會引起革命，減少四張還是很大的優勢。然而，那四張牌當中，有三張是同數字的對子的其中一張，這點讓人非常猶豫。要是以「階梯」出牌，就會失去三個對子的組合。因為常常會輪到一定得出對子才行的局面，也可以說失去能在那種時候出的牌是很大的損失。

這樣的話，這裡就沉穩地出對子！

註13　原文「都落ち」。

這個判斷看起來並沒有錯的樣子，接下來雖然很平淡，我還是確實地減少手牌。在其他人全都還拿著六張以上牌的階段我就剩下兩張牌。這是非常有利的情況。

而且我手上拿的牌，是紅心8跟黑桃3。

也就是輪到我自己的回合的時候，場上只要有人出單張7以下的牌的話，就能以8切牌重啟牌局而直接把牌出完。還有引起革命讓3變成最強的時候，或者單張鬼牌出來的時候也有辦法做出反擊而把牌出完。我最期望的是7以下。我靜靜地等待著那一刻。

然而，那一刻沒有到來。對，問題是輪流的順序。輪到我之前的上一個玩家是日南。

就算是我，當然也不覺得日南會接連放出那麼好對付的牌。不過，我剩下兩張而日南是剩下六張。有這樣子的張數的話，之後迎來需要出弱小單張牌的時刻的可能性很高。我就是預料到那種情形，才一直把8留著。

我虎視眈眈地等待著那一刻。

幾回合後。日南重啟牌局，輪到日南出牌，開始新的牌堆。

對。這種時候。重啟牌局之後，是可以隨意出牌的狀態。

這種狀態最好的一種出法，就是『出弱小的單張牌』。處理掉其他場面不太能出的弱小牌，就可以大幅度地朝著出完手牌邁進。

上次日南是富豪。儘管一開始有把一張弱小的牌給貧民的深實實，但就算那樣又弱又突兀的牌應該也還有一張左右。而且日南她，還沒有半次是出單張的弱小牌。也就是說，可能性絕對不低。

只要日南出了單張7以下的牌的話，那個時間點就決定了我的勝利。

「那麼……我出這張。」

日南猶豫了一陣子，緩緩地從手牌中把牌抽起來，放到牌堆裡。

——我大吃一驚。

她放到牌堆裡的牌，是紅心5跟鬼牌的對子。

可以當成任何一張牌使用的鬼牌。單獨出牌的話幾乎是最強的，要是跟A或2一起出的話就可以搭成超強力的對子。而且要是跟三張以上數字一樣的牌一起出的話，就連引起革命都做得到。

那種超強力的關鍵牌，竟然跟什麼作用都沒有的紅心5出成對子……？

我驚訝於那種超出常識的出法同時……感嘆著，實際上貫徹始終的日南式思考。

這樣啊。

被她看出來了。

她知道我有留著8。

日南的手牌裡，想必只有紅心5是處於成不了對子也成不了階梯的狀態，一直是一張突兀的弱小牌吧。然而，那是不找個時間割捨的話自己也沒辦法把牌出完的負面遺產。就像我現在的行為一樣，要是下一個順位的玩家在等待用8切牌把手牌出完，結果就很容易成為那種出法的事前準備。

所以，她是把一定要在某一刻出掉的那個負面遺產，藉由跟鬼牌一起出牌的方式，硬是湊成對子處理掉。不過說白了，5的對子並不是什麼強大的牌。實際上，後來泉也輕鬆地跟著出了9的對子。

也就是說，就某個層面來講是浪費了鬼牌。

日南把5跟鬼牌一起出的時候，大家就擺出「咦？」這種臉看向日南。那是不知道意圖、奇妙到那種程度的出法啊。被當成是不好的出法也是沒辦法的。

可是，**我沒辦法出牌**。

大富豪這種遊戲，為了確定能出完手牌，重要的並非所有場面都能通用的最佳手段，而是『採取現存的即時戰法』。日南把那種方式鮮明地實踐出來了。

結果就是我後來沒有出半次牌，日南以大富豪的身分第一個把牌出完，後來過了不久我也把牌出完了。這樣子日南就贏了五次，我贏四次。

「唔哇啊～！真的假的！」

「好了——這樣就是我贏了呢！」

日南笑容滿面地對我誇耀著勝利。

「可……可惡。」

我已經不在意周遭的目光，不甘心到了誇張的程度。

「真天真呢。以為我沒有看出來嗎？」

日南也是老樣子，雖然大概還有一半在裝乖，不過已經差不多有一半是用跟我召開會議時的語調跟表情高高在上地看著我。

「那邊的兩個人稍等一下——你們在單挑個什麼勁啊～大富豪並不是那種遊戲的說～」

對於那樣的我跟日南，水澤用嬉鬧的語氣警告。

「呵、呵、呵。」日南像是故意笑出來似的，迅速地指向水澤。「是輸的人不好！」

「被這樣講就半句話都沒辦法回啦！」

水澤像是接受般充滿精神地回覆，引發大家的笑意。

我佩服地望著水澤的時候，忽然跟朝向我這的水澤對上目光。然後他不知道為什麼多少看似寂寞地笑了，從我這邊移開視線後把視線朝向手上的牌。

「果然，認真在做的傢伙很猛啊。」

——水澤那一邊苦笑一邊說的話語，儘管被當成沒什麼意義的一句閒聊而被當下的氣氛融化，不過該怎麼說，那在我的耳裡莫名地留下騷動的感覺。

大富豪遊戲就此結束，而以水澤的「差不多該收一收去溫泉了吧～」這句話為開頭，開始收拾起撲克牌跟行李。

＊＊＊

「說起來啊～阿弘在那方面是什麼情形～？」

眼睛半睜而露出賊笑的泉，用手肘輕輕頂著水澤。

「嗯～我是慢慢來……」

這時中村就緊緊盯著水澤的臉。

「喂喂孝弘，不是那樣子的吧？你要隱瞞西高的小美咲的事嗎？」

「喂，修二!?」

「咦——！怎麼回事怎麼回事！」

深實實興奮地鬧起來。

「沒啦，其實這傢伙……」

大富豪的勝利已成定局後過了幾十分鐘。明明之前講好玩完之後就要去泡溫泉，結果因為一邊整理撲克牌跟垃圾一邊開始聊起的話題炒熱了氣氛，就像這樣一直持續著現充真心話大激論對談。

「那、那是真的!?」

對於中村所說的『水澤在追求別校的女生，感覺現在就有辦法交往』的話題，泉看起來很開心地回應。打工的地方也聽說有很多女生喜歡水澤……水澤，充滿罪惡的男人。

「真的真的。對不對啊孝弘？」

「嗯，是滿要好的沒錯……」

「不過是你約她的吧？」

「應該算是……」

「好了！晚間六點五十二分，已經聽取證言！」

深實實一邊看著沒有戴在手上的手錶一邊開心地說。

「唉……那我就招囉。一年級時去西高校慶的時候有跟一個人拉近關係。因為最近又開始聊 LINE 了，所以偶爾會在假日之類的時候約她去玩……」

「那是……就兩個人？」

深實實浮現出誘人的笑容而這麼問。

「嗯，就兩個人。」

「好！晚間六點四十八分，聽取了更多證言！」

「深實實，時間比剛才還早。」

日南精準地確實吐槽。竹井哇哈哈笑出來。

「所以所以！狀況怎樣了!?感覺能交往嗎!?」

泉向前彎腰問道。談這種話題的時候很開心啊泉。

「總之說白了……有變成那種情形的氣氛吧。」

「哦～～！」「咻——！」「呀～～！」

那一句話讓現場沸騰起來。

「不過還不知道會怎樣啦！」

「是接下來只要提想交往的話就可以交往的狀況啊。」中村說。

「是這樣嗎⁉同年紀⁉學姊⁉學妹⁉」

泉已經是以差不多算狂熱的模樣使出問題攻勢。

「嗯，是學姊……」

「是學姊喔～！」「你這個大姊姊殺手！」「熟女殺手！」

水澤只是回答是學姊就被講成這樣。果然露出了苦笑。

「啊——你們幾個夠了！別管了啦！」

他以十分響亮的聲音喊叫，讓大家都笑了出來。

如此熱鬧的場子先做了收尾，沉靜下來的時候。水澤站了起來。

「我去上個廁所啊～」

我看準那個時機，把一直打算想講的話說出來。

為了課題而背起來的話題之一——並不是那種東西。

「我、我也要去。」

同樣是，傳達尿意。我說完便站起來。對。因為我不太知道團體行動時該在什麼時間點去廁所，所以現在膀胱已經滿滿的了。要是沒有搭著誰說想去廁所的順風車的話我一定說不出來。

我還沒有領悟事先可以在自由行動時間去上廁所的技能。下次開始就那麼做吧。學到了重要的事情。說是這樣說，畢竟也有要跟水澤增進感情的課題，我覺得這次是一石二鳥的場合。

然後我們兩人離開小木屋前去廁所。

……說起來，這就是現充行動之一，所謂的一起去小便吧！

＊　＊　＊

我們倆走在已經整個暗下來的野營場中。廁所位於離開小木屋後得走幾分鐘的，有一點點遠的中心裡頭。

「哎呀——聊了很多呢～」

水澤語氣開心，卻是邊苦笑邊說著。不過確實是這樣，明明原定整理好東西之後就要去泡溫泉，卻都沒有出發啊。雖然我沒有參與對話到那種地步，不過或許是知道大家的個性吧，在熱鬧起來的場子中笑出來，比想像中還要開心。對於那樣的自己，我也有一點點驚訝。

……有產生那種恬靜心情的閒情逸致的話就快點完成對中村的課題，我覺得好像聽到了日南講這種話的聲音。對不起啊腦內的日南同學，我會努力的。

「是、是啊～」

我一邊塑造語調一邊轉頭附和，想著以剛才聽到的內容當成話題的話會怎樣呢，而試著挑戰看看。

「話說回來……是別校的女生嗎～！」

「哈哈哈！還講這個啊？」

水澤一邊苦笑一邊回道。

周遭已經整個暗下來，兩個人的腳步聲跟講話的聲音，被繁茂的林木吸收進去。

「沒啦，因為我想在學校裡面確實沒怎麼聽到那一類的傳聞啊……」

我一邊想起成田學妹問我水澤的事情一邊回應。畢竟是在那時我什麼傳聞都想不到的程度啊。說起來他明明是很受歡迎的男生。

「啊——的確是沒有呢。差不多就不久前有傳出關於我跟葵之間的奇怪流言吧？」

不知為何我對於那番話一瞬間心臟要跳出來，但我還是附和他說有這麼一回事。腳下傳來了比較粗糙的，踩著沙子的觸感。

「可是啊……水澤，你有打算要交往嗎？」

雖然也有意識到課題的層面，不過我是本來就在意所以問他看看。

「咦——？不知道呢。雖然她很可愛，性格也很好所以覺得不錯……嗯——」

「……嗯？」

感覺是沒辦法釋懷的說法啊。我覺得他多少比較像是什麼事情都有辦法俐落又聰明地解決的類型，所以覺得有點新鮮。果然就算是水澤遇到戀愛也會迷惘嗎？

「到底該怎麼做才好呢——？」

隨著感覺像刻意裝出來的笑容，與似乎在講別人事情的輕浮語調所說出來的話語，讓我感受到了異狀。他明明該是在講自己的戀愛情事。

在悶熱夜晚的山路中，我思考著。

「感覺到了說要交往的話就可以交往的程度……好像是這樣？」

「是修二講過的話吧？」水澤小聲笑出來。「嗯——不過，沒錯啊。是可以交往呢。」

「哦、哦……好厲害啊。」

那種像是理所當然的自信是怎樣。規格差距壓倒性地大過頭了讓人發抖。

「咦咦？哪裡厲害啊。只是有點拿手而已。」

水澤並不是謙虛的感覺，而像直接傳達心裡想的事情一般，以直率的語調這麼說。周遭缺乏照明，看不太出他的表情。

「……不，就是那樣才厲害。像我這種人，有在模仿水澤的聊天方式，才到這種程度啊。要約別校的學姊還要增進感情實在難上加難。」

我展現為數不多的長處之一的自虐，同時設法讓對話順利進展下去。

然後水澤他就，「嗯，是這樣嗎……」明顯低著頭而小聲細語，隔了一小段時間之後開口。

「不過我確實是什麼事情都能做到啊。就算沒有特別努力也是。」

我不禁把臉朝向水澤那邊。

因為，那莫名地有種不協調感。

水澤剛才說的話，不是自誇，也不像在嬉鬧玩笑。

是悄悄地，以認真的語氣，或許多少也像是在自我反省一般地吐露。

「那、那是……」

我不曉得該怎麼詢問那份不協調感時，水澤便擺出笑臉，用像是在開玩笑般的語調說「總之，光是可以交往這點，就夠讓我不知道該怎麼做而猶豫了啊。這就是所謂的勝利組」。

「是、是這樣嗎……」

我的步調被他牽著走，失去了詢問剛才的不協調感的時機。

不過，說是在猶豫啊。

那麼水澤是因為什麼而猶豫呢？

「水澤你，對於對方，那個，不喜歡嗎？」

「哈哈哈……你還真直接啊？」

「啊，不，那個，抱歉。」

「也不用道什麼歉啦……只是很有文也的感覺罷了。」

「咦？」

水澤用下巴指向前方。

「在那邊。」

「哦、喔喔。」

有廁所的中心進入視野。日光燈的照明從自動門的玻璃透出來，在野營場溼潤的泥土上冰冷地亮著。

水澤率先進去裡面，我也跟在他後頭移動。

兩個人相鄰，在並列的小便斗小便。

從廁所側邊打開的小窗戶，吹進了明明是晚上卻要熱不熱的風，也傳來像是跟風一般矛盾的鈴蟲清涼聲響。明明還是八月，卻有鈴蟲啊？不知道是不是因為在山裡所以跟都會的時期有錯開呢？鈴鈴鈴這樣沉靜的聲音，在鼓膜溫和地響起。

「嗯……並沒有特別喜歡也說不定啊。」

「咦？」

轉向水澤的方向後，眺望著浮在窗外夜空中的纖細弦月的側臉映入眼簾。或許是月光跟鈴蟲的音色造成的吧，他顯露出了多少帶著憂鬱的表情。

「剛才的話題。」

上完廁所，水澤一邊拉起拉鏈一邊回應。

「那個……是說別校女生的事，沒錯吧？」

「……對對。就那個。」

他洗手的同時，隔了會讓人瞬間感覺不自然的間隔後，以平常開朗的語調說。

並不喜歡，是這樣嗎？

「可是，是水澤主動約的吧？去玩之類的。」

「嗯——是啊。可是，這並不代表一定就喜歡吧？」

「咦，算、算是吧。是……這樣的嗎？」

我從完全不存在的戀愛經驗中，以推測做出附和。

「總之——說可以交往是可以交往沒錯啦——」

我對於那番話，又搞不太懂意思。

「……呃、呃——是、是什麼意思啊？」

對於我陷入混亂的樣子，水澤好像覺得很好笑一般笑出來，反問「你指什麼？」

「沒啦……該怎麼講，是說我反而不太瞭解你在煩惱什麼東西嗎……」

「……嗯？」

「雖然我不太瞭解這種事，不過不喜歡的話，不就是沒辦法交往了嗎……？」

還是說，是因為對方一直主動進攻，所以雖然現在不喜歡，可是有點猶豫，類似這樣的情形嗎？可是水澤都說了有在約對方啊。嗯——？

我問了之後，水澤一瞬間露出驚訝的表情，後來一直低垂目光，像是要壓抑什麼一般地笑了出來。

然後他一邊搔頭一邊把視線朝向窗外，小小聲地細語著「畢竟不是靠表面功夫說的話啊」。

「咦？」

「沒，什麼事都沒有！走囉……你小便還真久啊？」

「哦，喔喔，等我一下。」

因為忍了很久所以沒辦法啊，我把想要說這種話的心情用力壓抑下去，終於全部尿完的我洗了手，跟在外面等待的水澤一起回去小木屋。

不過，總覺得不太瞭解意思的話很多啊。嗯——沒辦法釋懷。

強角的世界裡頭，是不是有著弱角沒有辦法理解的煩惱呢？

＊　＊　＊

我跟水澤從廁所回來後，所有人就拿著換洗衣物出發，到了從野營場徒步幾分鐘距離的溫泉。

「那麼，泡好之後就在這邊集合！」

在分成男浴場跟女浴場之前的等候室，日南通知所有人。

雖然野營場也有淋浴間，不過都難得來了而且大家都想泡泡熱水，所以就到了在附近別的設施裡的溫泉了。

順帶一提，竹井吵著說「糟了啊已經沒有衣服換了啊」，看來在河裡溼掉後換的衣服是最後一套的樣子。

他說了乾脆把現在身上穿的衣物脫下來再穿就好。

真是個笨蛋。

「別泡太久讓大家等喔～」

中村一邊說一邊從男浴場的門簾底下過去，水澤、竹井還有我也跟著進去了。

不過中村在這種時候也會像是隨口說說一樣地一直嘲弄別人啊。或許是這種發言下意識地累積起來，才建立起所謂的階級地位也說不定。

「別偷窺喔～！」

「不，又沒辦法偷窺！」

對於身後傳來深實實隨口說的話，竹井很配合地回應。要是有辦法偷窺的話感覺竹井就會偷窺啊。

然後四個男人到了更衣間。不過該怎麼說，我正猛烈地緊張著。

把貴重物品放進置物櫃之後，找到空著的籃子把衣服……雖然一定要脫衣服才行，不過像這樣被現充三人組包圍還得那麼做，說是莫名地害羞嗎，有著像恐懼般的感受。

「你是在慢吞吞什麼啊？」

用像是把我當成笨蛋一樣的語調對我說話的是中村。看了一下，發覺他已經全部脫光光了。毛巾也拿在手上，沒有圍在腰部。不知道該怎麼講的豪邁風格。而且應該因為是足球社運動神經又很好的關係，有著門外漢都看得出來的精實身材。我不禁跟自己比較，悲從中來。

「哦，喔喔。現在要脫了。」

「你是怎樣啊？」

我忍耐著由於我一直沒脫而覺得莫名其妙地看著我的中村視線，把衣物脫下。完全沒做任何運動，老是悶在家裡玩遊戲的我，白皙而鼓鼓地鬆弛著的肚子顯露在外。

然後，已經脫好衣服的竹井捏起我的肚子笑出來。

「友崎你這樣是大叔了嘛！」

「別、別管啦……」

仔細一看，竹井身上也有跟中村一樣或者更勝中村的肌肉，跟他那魁梧的身高相輔相成，看起來有著強大的力量。這傢伙真高大啊。我深深地感受著悲傷，把衣服放到籃子裡。

「不，與其說這是大叔……」就連中村都捏了我的肚子。「姆米……不，是文米

啊。文米谷來的。」（註14）

那句話讓竹井咯咯笑出來。

「啊哈哈哈哈！這的確是文米啊！往這邊看～！」（註15）

「吵、吵死了！」

我意識著開朗的語調而吐槽之後，不只有竹井跟水澤，中村也罕見地開心笑了。哦，喔喔。這是沒遇過的發展。

然後對於一邊走入浴場一邊說「文米也快點來啊」的中村，竹井又咯咯笑出來。唔、唔唔。整個不停地被嘲弄。不過，就算我覺得可以反過來嘲弄回去，但身材明顯較差的人是我，所以什麼也做不成。也就是說，在嘲弄跟被嘲弄的戰場上，這種平常的鍛鍊很重要的意思嗎……

看了對我說別在意，輕輕拍拍我的肩膀而往浴場走去的水澤，發覺他雖然有點瘦不過是線條很清楚的有肌肉的體格。這就是傳聞中受歡迎的瘦猛男嗎？我理解了。

我再一次透過鏡子看了自己這副懶散的身體，後來就以小小的步伐往浴場過去。

註14　原文「ムーミ……いや、フーミンだな。フーミン谷の」。此處中村是玩文字遊戲，將友崎的名字「文也」（讀音「フミヤ」）與「ムーミン」（小說版台譯：姆米，動畫版台譯：嚕嚕米，此處採用小說版翻譯）組合起來，才拼成「フーミン」（本書中譯為「文米」）。而「文米谷」也是拿「姆米」系列作品的「姆米谷」玩一樣的文字遊戲。

註15　「往這邊看」的原文為「こっちむいて」，是「姆米」動畫版主題曲的一段歌詞。

不，這樣子的確是被人嘲弄也無可奈何啊。

＊　＊　＊

「竹井，這裡的浴池感覺也很舒服喔。」

「哦哦!?這種地方竟然有最棒的浴池啊!?」

我跟水澤忽視回應中村說的沒啥意義的話而全力衝進浴池的竹井，兩人比鄰而坐地洗著頭，並且開起湊合作戰的會議。「好冷——!?」這樣的聲音傳了出來。

「好了文也，不，不，文米。」

「不，不用重講一次也沒關係。」

只有這種吐槽由於一直受到日南的鍛鍊所以做得到。水澤咯咯咯笑出來。

「無論如何，就看要怎麼利用收集到的資訊來湊合他們了。」

「是沒錯啊……」

我稍微看了一下泡在熱水裡的中村，同時讓思慮運轉。

由於水澤連續出了幾個好招，在我家召開作戰會議的時候還不曉得的資訊已經得到了好幾項。以那些資訊為底思考的話——

嗯，就算重新思考也覺得他們兩個人是那樣。

「已經是兩情相悅了吧？」

況。

「哈哈哈，就是那樣啊。」

水澤笑了出來。畢竟本來就是幾乎確定的事了，這次外宿又完全確信了那種情況。

「這樣子，如果其中一方說要交往的話，就會交往了吧？」

「嗯，說得也是啊。我們所能做的，就是想辦法除去說要交往之前的障礙，讓他們能夠輕易地走到那一步吧。」

「是這樣子啊……」

也就是說這次集體外宿的目的，並不是要讓那兩個人兩情相悅，而是只要讓兩情相悅的兩個人有所進展而推他們一把就可以了。這是怎樣啊。

「不過以他們兩個來說，要那麼做可是最難的喔。」

水澤一邊洗頭，一邊像是在忍耐般地咯咯咯笑著。

那種眼睛變得像貓眼一樣的笑臉看起來真的很開心，跟水澤最近這陣子顯露出幾次的，帶著彷彿在注視著遠方般的眼神而寂寞地笑出來的表情，就像是不同的人一樣。

「文也有什麼好方案嗎？」

被這麼問，我再次把思考移向湊合作戰。好方案，與其這麼說……如果是想法的話倒是有。

「那個啊，這件事最大的障礙大概是……」

「也對。」

水澤就像要插進我的話而點頭。

「「島野學姊。」」

兩人的聲音重合。

「嗯，就是那個啊。」

水澤一邊說，一邊把頭上的泡泡沖掉。

「畢竟沒有了那個可能性的話，中村大概就會倒向泉那邊的樣子吧？」

「哈哈哈，沒有錯。他那樣是被迷惑了吧。」

「可是那個就是無可奈何啊。」

我這麼說之後，水澤就皺起眉頭，「因為是個壞女人啊……」這樣細語。

「壞女人？」

說起來用 LINE 時也有講過她性格很差之類的。我回問之後，水澤就以嬉鬧的表情開了口。

「沒啦──島野學姊是常常會對比較低年級的男生出手的類型啊。而且是會採取好像對對方有意思的態度，把好幾個男生當備胎的類型。」

「咦……」

預料外的回覆令我困惑。

「不過她很可愛，身材很好又很開朗啊，所以覺得玩一玩也好！而貼上去的男生也有很多人喔。其中啊，玩一玩就結束的有一半，真的動心的也有一半。」

我對於那番話感到戰慄。

「也、也就是說中村……」

「就是那個，後者的那一半呢。」

「哦，喔喔……」

總覺得有種聽了真的不應該聽的事情的心情。

「說是這麼說，畢竟修二真的有以她的本命男朋友的身分交往一陣子，所以是真的動心也沒辦法的立場說。」

「啊，是那樣啊。」

那該怎麼說，在某個層面上讓我安心了。被玩過一次，卻真的動心的中村之類的，我也有點不太想見到。雖然比較容易嘲弄就是了。

「……不過，跟修二交往的期間，也有一些傳聞的事情就又是另外一回事了。」

「真、真的假的……」

「很糟糕吧？」

我感覺到浮現出來的笑容有在抽搐，同時再次思考。

「那麼……把那件事告訴中村不是比較好嗎？」

「嗯——那我問你。」

「咦？」

水澤一邊把溼掉的髮絲全部都往後梳一邊笑道。就算頭髮都抓起來也還是很帥啊這傢伙。

「島野學姊是個一直換男人的壞女人，你也是那些備胎的其中一個所以就快點放棄吧……這樣子說明，你覺得修二會老實地退下去嗎？」

我想像水澤對中村說明的場面，不禁笑了出來。

「完全是反效果呢。」

水澤也笑了。

「對吧？一定只會讓他固執起來又聽不進去喔。所以啊，我是在等他自己發覺那種情形。不過你直接說他是備胎的時候有笑出來就是了。」

「啊、哈哈……」

「唉，就是那麼一回事。還挺難搞的呢。」

水澤一邊說一邊站起來前往浴池，靠近在水比較淺的地方說著「這就是那個啊，可以無止盡地做下去喔！」之類的話而高速做著伏地挺身的竹井，一屁股坐下去。

「唔咕嗝噗噗!?噗哈！怎樣啊!?」

「哦，抱歉抱歉，你動作太快我看不見。」

「真假!?這個速度果然很猛吧！」

我看著不知為何歡喜地再度開始高速伏地挺身的竹井，還有一下用熱水潑他的臉，一下讓他的臉沉進熱水的中村跟水澤而感到恐懼。那種氣氛是怎樣……我一整個沒辦法跟上啊……

不過，我想起了日南給我的任務。

嘲弄中村。跟水澤增進感情。

我下定決心站起來，進入正在進行用熱水潑竹井臉的大會的浴池，毫無計畫地靠近竹井面前。

不過這時，就算我也用熱水潑竹井的臉之類的，不論在當下的氣氛上還是課題上都不太對勁啊，我這麼迷惘的同時，從熱水中冒出來的竹井的臉，忽然朝向我的大腿之間。

「咦……？」

我對於他的視線感到驚訝的時候。

「友崎，老二好大～～！」

竹井開始鬧了起來。

「咦，真的假的？」

「我看看啊。」

中村跟水澤也把視線朝向那邊，後來就「好大!?」「友、友崎……！」這樣驚呼。

我還在混亂中想要把那邊遮起來迅速坐到浴池裡，不過已經來不及了。我被水澤跟中村架了起來，那話兒又再一次確實被看光。

「放、放開我啊——！」

「好猛～～～！這有到前臂的程度啊！」

竹井的那番話整個戳到中村跟水澤的點。

「哈哈哈哈哈！前臂！」水澤好像很開心地說。

「從文米改成前臂小弟好了。不，前臂——就叫小臂吧。」

然後中村又給我取了奇怪的綽號（註16）。竹井哇哈哈笑出來。停下來啊。為什麼只是泡個溫泉就一定要被取到兩個新綽號才行啊。

然後，雖然處於這種大家鬧成一團的情形——但我覺得，我的手中掌握了一絲光明。

那跟日南賦予我的『嘲弄中村』這樣的課題有關。

剛才，拿體格來比很明顯是我比較差，所以就算被嘲弄也沒辦法嘲弄回去。原本的基礎能力。平常的鍛鍊。那對於嘲弄跟被嘲弄的戰場應該是很重要的吧？

關於那一點，現在又如何呢？

雖然沒有在意過平均數之類的所以不知道，不過跟剛才不同且『是我的比較大』

註16　小臂的原文為「ワンちゃん」，跟日文中的「小狗狗」同音。

的話。

那裡不就有著『我來嘲弄人』的空隙了嗎？

在那種規則之上，在那個戰場上，就算是我這個弱角也可以打一場對等以上的仗不是嗎？

我完全寄託在那種些微的希望上而讓視線迅速移動，凝視著中村的腿間，終於有了確信。

——如果是這招，就行得通！

我意識著要盡可能塑造出像在嘲弄人的聲調，而開了口。

「中村的老二，好小！」

中村皺起臉，水澤跟竹井都拍手笑了出來。這、這樣課題就達成第二次！

＊　＊　＊

等候室。四個人從浴場出來，把剛才的文米、小臂這些我的綽號的來歷，還有中村的老二的事情延伸而興高采烈地一邊對話一邊喝著牛奶。雖然中村在我嘲弄他老二較小後就對我增加了好幾倍的嘲弄，不過該怎麼說，我覺得類似『敵意』般的東西變得稀薄了。這、這到底是怎麼一回事呢？

「哦——！果然就是要喝牛奶呢——！」

把毛巾掛在脖子上，穿著短褲跟背心上衣登場的深實實，從女浴場充滿氣勢地走出來。運動體型加上露出很多肌膚真的很性感。她的臉頰發熱而紅潤，熱氣飄了出來。那樣子大概是素顏吧？五官端整美麗到沒辦法區分有沒有化妝的程度。由於平常一直精力充沛所以不太會有那樣的看法，不過深實實果然是個大美人啊。

「我要不要也喝一下呢～」

然後從她身後過來的是日南。儘管第一次看見她沒化妝時是連表情肌肉都沒施力的狀態所以沒辦法認出她，不過像這樣確實提起精神的日南，就算沒化妝也是兼具可愛跟美麗的完美女主角。就連我都看得出來的柔嫩光滑水煮蛋肌膚正微微地泛紅，有著無庸置疑的破壞力。

「……」

然後從她的後面，一直低著頭的泉出來了。彷彿不想讓人看見她沒化妝的臉，而用手上拿著的毛巾稍微把臉遮住。不過從隙縫中看見的泉的臉，儘管氣氛跟平常看似辣妹的妝容有點不同，但也只給人變得有些年幼的印象。果然長相本來就很好看的話就算沒化妝也很可愛啊……雖然她跟其他人一樣臉頰都有泛紅，但看來原因並不只是暖了身子的關係。還有，真的很難不去看從似乎易於行動的超短短褲中伸出來的腿。

不過這樣看來，就會覺得是跟等級有夠高的三個女孩子來集體外宿，而有種奇妙的心情。包括男生在內，不管怎麼想都只有我的等級很低。至少身高要長高點……

男女會合，大家喝了牛奶而過了一陣子之後。

竹井被等候室附近的遊戲區設置的桌球桌吸引過去，變成要打桌球了。藉由日南的巧妙安排，變成了中村＆泉二人組VS竹井＆日南二人組的對戰組合。總覺得這次的情形甚至有一半是泉跟中村自己打算那樣搭配。順帶一提，日南竹井組是竹井強烈希望那麼組隊才有的結果。只有竹井一直是我行我素地享受著集體外宿。

不過在這段期間，又可以開作戰會議了。

如此這般，水澤、深實實，加上我的三個人，在等待室的小桌子邊集合。

「剛才在男浴場有講過，問題果然是……」

「啊，島野學姊？」

水澤說明的途中，深實實像是發覺了而這麼回應。

「哦，厲害。妳很瞭解嘛。」

「還好啦！畢竟那個學姊完全是問題兒童啊～」

深實實一邊苦笑一邊說。

「不過，就算我們傳達那個人不好的地方也只會讓修二固執起來，所以我們有聊到在這次的外宿中，不知道有沒有什麼辦法可以處理呢。」

「那該怎麼做呀！」深實實思考了一陣子。「比如說，就算有證據也沒辦法嗎？」

「證據？」

水澤很有興趣地說。

「我看看喔——」深實實拿出手機，開始操作。「……啊，你們看，像是這邊。」

仔細一看，顯示著名字是『美姬』的 Twitter 帳號，對不同的人回覆『最近跟男朋友處得不好啊』、『那真不錯耶　就去台場吧』還有『關友高中！你知道嗎？』之類的推文。

「島野學姊的……帳號？」

我問了之後，深實實點頭。

「這個，全部都是回給在 Twitter 認識的，住埼玉的男生。」

「唔呃，真的假的。」水澤抱頭。「終於也開始對校外的人出手了嗎……」

深實實苦笑著。

「不過，這本來好像是只有一部分女性朋友才知道的私密帳號喔。不知道是不是覺得應該不會被看穿，最近好像就公開來光明正大地這麼做……這個，現在可是女生們間的熱門話題啊——只是回覆就這樣了，私訊不知道還弄到什麼地步……」

深實實把畫面橫向滑動之後，就顯示以前在這個帳號中發過的圖像一覽。接著再往下滑之後——有臉的自拍、穿著高中制服而在全身鏡映照出的自己、還穿著短短的制服裙子就在床上伸展的腿、以『展現項鍊墜子』為名目的乳溝特寫、以『展現晒黑的地方』為名目的大腿特寫——原來如此原來如此，也就是說是那一類的照片的大全集。

「這、這個……」我也嚇了一跳。「比想像中還猛……」

「對吧？」

該怎麼說，我覺得我瞭解了用 LINE 聊到島野學姊的時候，深實實做出負面反應的意義。

「告訴他這個的話，就算是中中也會冷掉吧？」

對於深實實的提案，水澤說了「確實有可能會那樣……」而多少面有難色。

「咦，還有什麼不恰當的嗎？」

「不，妳想一想，用那招大概就是要我、友崎，或者深實實去告訴他吧？我覺得那樣的話修二對於島野學姊的留戀之類的東西確實會整個冷掉。」

「嗯？那不就很好嗎？」

「不過啊，那麼做之後，試膽的時候就算兩人獨處……修二他也不會打算跟泉交往啊。」

「呃——是那樣嗎？友崎聽得懂？」

被深實實詢問，我也回答說「不，我不懂」。

「因為啊，要是我們告訴他之後他馬上就去告白之類的，會讓我們覺得是『知道島野學姊的那個帳號而冷掉之後，馬上就去優鈴那邊』吧？」

深實實像是接受了而發出「啊啊──」的聲音。

「因為他自尊心很強，所以不會去做會被我們那樣認為的事情，是這樣嗎！」

「就是這樣。畢竟修二他不想被人嘲弄啊。」

說到這種地步，我也接受了。這樣啊。我現在也在那樣的課題之中，『嘲弄、被嘲弄』這樣的問題。

比如說中村從水澤那邊知道那個帳號的事，而在緊接著的試膽大會對泉告白的話，那該怎麼說，感覺一整個『會被水澤嘲弄的樣子』。

更進一步來說，因為這次的外宿不知為何連我都會嘲弄他，他說不定會覺得『連友崎都可以嘲弄我』。至於我有沒有辦法好好地嘲弄他就先放在一邊不管。

校內頂尖階級的中村，有必要維持『自己可以嘲弄別人，別人卻沒辦法嘲弄他』這樣子的地位。實際上，雖然我不知道他是刻意還是下意識地要去維持，我有看見好幾次他在重點時刻一直嘲弄別人，還有在受到嘲弄的時候巧妙地帶過。

也就是說那樣子的中村，應該會避開這麼明顯『感覺會被人嘲弄』的狀態。

那種行為，乍看之下像是無聊的自尊心一樣的東西，不過在現充的世界中──也就是從校內階級的價值觀來看，或許是非常重要的事情吧？我也是透過課題才有辦法理解到那回事。

「這樣的話告訴他這個帳號就很微妙了嗎～」深實實說。

「說是這麼說，現在告訴他的話，在這次的外宿結束後之類的，可能很快就會有進展啊。」

「嗯——是那對扭扭捏捏二人組耶——？會靠自己就有進展嗎？」

「的確是那樣啊……要是繼續扭扭捏捏的話就愈來愈沒有時間了啊……」

「嗯——可是也沒有其他方法，是不是只能告訴他了呢？」

「或許吧。」

該怎麼說，他們非常認真地在思考那兩人的事。這些傢伙真是個好人耶。

雖然作戰會議的時候也有想過，不過現充該怎麼講，說起來並不是只想著自己的事情嗎？我覺得有好好地歸屬在群體中而考慮其他人的事情的人很多。當然，應該不是所有人都那樣，不過反過來講，就是擁有會像這樣子認真考慮其他人的事情的內心，才會受到許多人喜愛、接納，才有辦法成為現充也說不定。

這的確是光一個人一直玩遊戲的話，很難發覺的事情啊。

「那麼……接下來的試膽活動很難會有進展的感覺啊。」

水澤面露難色的同時，也像是終於接受般這麼說。

不過他們都讓我看到那副模樣了，就算是我也會覺得不做些什麼不行。我開始思考——後來，終於想到一個點子。

「我說啊。」

「……哦？」深實實對著我這邊露出賊笑。「該不會腦筋靈機一動了吧!?」

「不，沒有到靈機一動的程度啦……」

「嗯嗯說說看說說看!?」

深實實以蘊含期待的眼光看著我。別、別這樣。

「呃……剛才是講說就算我們告訴他這個帳號，中村也沒辦法行動嘛。」

「是啊。」

水澤以探詢似的表情點頭。

「怎麼說呢，現在的狀況啊，中村跟泉都互相喜歡對方，島野學姊其實擁有只會讓中村冷掉的要素……這就代表用來過關的條件全部都湊齊了嗎？我覺得這是只要把那些條件全部連接起來就能過關的遊戲……」

「雖然是那樣……不過你又講『遊戲』？」

「孝弘，友崎是玩家所以那部分就睜一隻眼閉一隻眼！」

「哈哈哈，的確是啊。」

水澤一邊說，一邊點頭。

「呃、呃──總之結果啊，把那些條件整理起來後，就好像變成是『有沒有辦法不刺激到中村的自尊心，而傳達真相』的遊戲了……」

「確實，也可以說是那一種『遊戲』啊。」水澤點頭。「不過，那該怎麼做？」

儘管我「嗯～」這樣而迷惘了一瞬間。

「——要是傳達那件事的並不是『我們』的話，不知道行不行，之類的……」

「不是『我們』的話？」

我點頭。

「那是怎樣是什麼意思!?」深實實說。

「也就是那個……」我有所顧慮地把視線移向桌球桌那邊。「……讓竹井去。」

「竹井？」深實實覺得不可思議似地附和我。

「我想說要是巧妙地安排，讓竹井去傳話的話，可能就能圓滑地解決吧。」

我只講了這些，等待兩人的反應。

「那是什麼意……」

「啊、哈、哈、哈、哈！」

深實實疑問的話語，被水澤的笑聲整個蓋掉。

「……呃——？」

我想要知道他在想什麼而發出聲音之後。

「啊——沒啦，那樣的確行得通啊，畢竟要是被那個笨蛋講了就只能接受了嘛。」

水澤覺得很好笑般咯咯咯地笑著。我對他的話語感到安心。

「也就是說……」

「有可以試試看的價值！不過那傢伙一定沒辦法用演的，應該要用連竹井都騙的感覺去做才可以吧。」

「要連竹井都騙……那又是什麼意思？」

深實實目瞪口呆地對我跟水澤發問。水澤開心地開口。

「總之，就是要巧妙地讓竹井知道『島野學姊對其他的男生也有出手。是很糟的女生』吧。那樣的話那個笨蛋就會覺得修二被騙了！要幫他才行！然後就去對修二講那件事啊。他會多管閒事的。如果是竹井講的話修二也能接受，如果他覺得沒有被其他人知道，在那之後應該也有辦法對泉告白吧。」

我對於水澤那完美地察覺作戰內容的說明感到佩服。搞不好甚至有比我想像的流程還要洗練的可能性。

總之就是，由看起來像是處在嘲弄人或者受人嘲弄的世界之外的，竹井那個笨蛋去對他說的話，就算是中村也能老實地接受事實，就是這個意思。

「啊——原來如此！是那麼一回事！」

深實實一手握拳輕敲另一手手心。水澤則露出賊笑看著我。

「這就是你想的吧？文也。」

「……對。」

我雖然困惑了一瞬間，還是點頭回他。

「不過明明相處沒那麼久，真虧你瞭解竹井的個性啊？」

「不，那是因為……今天看了一整天，不想知道都難……」

畢竟在這次的外宿中莫名引人注意的一堆事，像是一個人悠閒地拿手機拍照、明明沒有泳褲卻穿著衣服全力在河裡玩、讓泉看螃蟹而跌倒、之後拚命全力道歉、在溫泉高速伏地挺身、發現我的老二尺寸之類的，都是竹井的愚蠢之處啊……那傢伙是怎樣……

「不過問題是該怎麼跟竹井講才好呢……」

水澤一邊說，一邊看我。

「關於那個你也有什麼方案嗎？」

「嗯——」我迷惘著。「畢竟是，Twitter 的帳號啊……」

思考了一陣子，我開始說起自己想到的方案。

——終於都說明完之後，從水澤跟深實實那邊得到了「嗯，感覺行得通」這樣的評價，也把那個方案悄悄地用 LINE 傳給日南。

儘管有著沒有在這個時間點看手機的話就不太能傳達過去的不安，但這點日南果然厲害。她馬上就發覺了，看來是理解了我們這邊的作戰的樣子。她看著這裡的三個人，嘴角賊笑狀地上揚。

好了，有著日南、水澤、深實實的幫助的話，看來可以順利達成。強角大集合。

＊　＊　＊

然後作戰開始了。

「這時就要組成大富豪最強雙打吧！」

「哦、喔……就上吧！」

首先是藉由日南的完美演技跟我像在念稿的話語，組成了我&日南的雙打。

這時水澤順著接下去。

「優鈴，妳是羽球社的吧？」

「唔、嗯。」

「好，一樣是球拍所以行。」

「是那樣嗎!?」

以這種感覺巧妙地操作成要組成泉&水澤雙打的氣氛。這樣子，讓中村、竹井跟深實實待機。

演員這樣分配好之後，我們先開始認真玩桌球。

「雖然大富豪的時候互為敵人……不過昨天的敵人是今天的朋友！」

跟我組成一隊的日南，發球打進水澤&泉雙打的台區。

「不愧是葵！真是強烈的……」水澤迅速高舉球拍。「發球啊!?」

然後水澤也強勢地把球打回來。

「喔、喔喔……呼呼！」

我一邊發出丟臉的聲音一邊輕輕把球打回去。

「好！」

平常看起來少根筋卻意外地有運動神經的泉，厲害地把球打進我們這邊的台區。

——在我們做著這樣的事情的期間。

「欸——欸——！來拍溫泉紀念照嘛～！」

深實實對竹井提案。一如預料，竹井他說「不錯耶！」同意了。

「那就來拍囉～！咿——」

竹井隨便叫出一個聲音，而自拍他自己、中村、深實實的三人合照。

「啊，我去一下廁所～！」

然後，照片拍好之後深實實就順勢離席。

「喔——」「好喔——」

像這樣，中村跟竹井對深實實隨便回話，同時懶懶散散地開始玩起手機。

然後再看回來打桌球的這邊。

「接招！」泉說。

「呼欸！」丟臉的我說。

意識主要放在竹井的行動上的同時，熱烈的對戰仍在持續。

「……哦哦？」

我集中注意力去聽，聽到了竹井在細語著什麼東西。中計了嗎？

他沉默不語一陣子，一邊滑著畫面，一邊以專注的模樣凝視著那東西。

「說起來啊……」

「唔耶!?」

像是蓋掉中村的話語一般，竹井發出了小小的叫聲。我們一邊裝成沒有察覺到他的情形，一邊做出專心打桌球的感覺。只有泉不是演技而是真的專注。

「怎樣啊這麼突然？」

「修二，這個！這個！」

竹井一邊說一邊把自己的手機拿給中村，後來中村也吃了一驚。

「……這是什麼東西。」

雖然看不見，不過那個畫面所顯示的十之八九是島野學姊的 Twitter 帳號。

我們看著桌球的球跟待機區的模樣，追隨兩邊的同時，盡可能做出打得正熱烈的感覺而不停地來回擊球。泉只是很平常地真的熱烈了起來。

「那傢伙……竟然這樣。」

而且中村現在在看的，應該是島野學姊上傳的一大堆那種照片，還有對不同男生傳送的『下次去玩吧——』這些許多的回文吧。

中村以像是多少受到了打擊一般，不過多少也像是看開似的聲調。

「……好噁啊。」

這樣小聲地放話。

「修、修二，果然還是放棄那個學姊比較好……」

「……是啊。」

隨著乾涸的笑容而小聲地那麼回話。

「不過竹井，這是從哪裡找到的？」

「咦？呃——不知道為什麼在時間軸上出現的……大概是轉推？」

「誰轉的？」

接下來竹井操縱了手機一陣子，說了「奇怪——？沒有耶？」找不到轉推。

「那是怎樣？」

中村以傻眼一樣，不過並不是責備人的那種口氣笑出來。

不過找不到是理所當然的。

因為，那些轉推已經不見了。

——作戰十分地單純。

首先先引誘竹井去打開 Twitter。

雖然我總覺得現充是稍微閒下來就會馬上玩起手機的那種人，不過那種時候會看的東西，有可能是 LINE 也可能是 Facebook 或者 Instagram，每個人都不一樣所以無法預料。不過，只有竹井幾乎是一定會開 Twitter。

所以只要讓深實實在稍微對話過的時間點去廁所，製造他會玩手機的時間就可以了。

不過，除了那麼做還得再增加確實性，所以就多下了一道功夫。

那就是，在那麼做的前一刻讓竹井去『拍照』。

雖然竹井平常會開 Twitter 的可能性就已經很高了，不過利用竹井『拍完照片後的下一步一定會打開 Twitter』的這種習性的話，我們認為就可以幾乎確定能讓他打開 Twitter。

接著，深實實就在那個時間點，轉推島野學姊有附『那種照片』的推文。這樣子，由於竹井有追蹤深實實，所以竹井所看的 Twitter 時間軸上，就會顯示那些有附照片的推文。

因為深實實用的是私密帳號，所以在島野學姊那邊不會顯示轉推通知。

這時重要的是，讓深實實改掉帳號的使用者名稱。

Twitter 的設計上，轉推顯示在時間軸的時候，主要顯示的是受到轉推的推文，至於推文是誰轉的，只會在轉推上面顯示『○○已轉推』的小字。

舉例來講，深實實很平常地轉推島野學姊有附照片的推文的話，竹井的時間軸上就會大大地顯示島野學姊的推文，雖然轉推上面會小小地顯示『七海深奈實已轉推』，不過頭像跟ＩＤ之類的，在那以上的資訊完全不會顯示出來。

也就是說，只要連那個名稱的部分都改掉的話，推文是誰轉的，就可以在表面上完全地偽裝。當然，打開那個推文的個別頁面，點選『○○已轉推』的部分的話，就可以前往那個人的使用者頁面，所以並不是完全的偽裝。

不過，會做到那種地步的人到底有多少呢？更進一步來講，那個竹井去做那種事的可能性，到底有多大呢？

所以就讓深實實先把使用者名稱變更成『Yu-*』這種沒什麼大不了又有模有樣的名稱，而轉推島野學姊的推文。然後她再躲起來偷偷觀察竹井的模樣，看到他發覺那種推文的行動之後，就去取消轉貼。

那麼做的話，深實實轉推過的痕跡就不會留下來。

最後只要再把名稱換回原狀，那麼做就可以成立小小的完全犯罪，就是這麼一回事。

竹井被中村講了之後繼續找起轉推的出處找了一陣子，不過後來說出「比起那個」而停止。

「不、不過不管怎麼樣，還是放棄比較好吧！」

「……嗯，說得也是啊。」

中村以多少帶有寂寞的表情點頭。

「喔——！」

差不多在那個時間點，深實實回來了。

「喂——深實實！我說剛才……」

「竹井。」

對於應該是想說出剛才發生的事的竹井，中村以嚴厲的語調跟視線制止。

「咦，喔喔……呃——沒，什麼事都沒有～！」

「哦哦～!?有什麼事隱瞞我嗎～!?」

「煩死了。是男人之間的話題。」

「男人之間的!?這、這樣就沒辦法……畢竟，我是個，女孩子……」

深實實帶有喜感地啜泣著說道。

就像這樣，也對竹井打了『這件事不能對別人說』的預防針。

好了。這樣子條件就都湊齊了才對。畢竟沒有影響中村的心情而成功傳達了島野學姊的真相，也成功營造『那件事並不能告訴其他人』這樣的氣氛。也就是說中村在這起事件上『不會被人嘲弄』。

說是這麼說，深實實演技真不錯。自然過頭了讓我覺得女孩子真可怕。

這樣子，擋在中村跟泉之間的小小障礙，被成功地掃除了。

然後在另一邊。

「好，太嫩了！」

桌球桌這邊，水澤的扣球突刺我們這的台區。

「唔喔喔!?」

我對於那強勢的殺球沒辦法反應過來，而乾脆地讓對方得分。

「好啊！」

「好一個扣球！」

水澤跟泉歡呼擊掌。

然後，別有深意地露出賊笑的水澤，看著我的眼睛開口。

「……所以**這場遊戲**，是文也贏了啊。」

「咦……啊，啊啊。」

他對我說完後我遲疑了一瞬間，才發覺他是誇獎我作戰成功啊。日南也露出賊笑點頭，只有泉露出了「不，搞錯了吧？」這樣的表情。

＊　＊　＊

作戰跟桌球兩邊都順利結束的我們，離開溫泉設施，像是要直接衝過去一樣地前往附近的小森林。

晚上的森林。在這邊要進行的，當然就是試膽。

而且那在某個層面上，也就是這場湊合作戰的最終階段。

泉明明處在要熱不熱的空氣之中卻擺出像是凍僵般的姿勢，發抖地張開嘴脣。她的眼睛完全充滿著害怕。

「嗚嗚～真的要這樣？」

「這是當然的吧！不如說這才是重頭戲！」

以派不上用場為理由而不讓他參與湊合作戰的竹井，諷刺地講出了接近真相的話。嗯，這的確是重頭戲。

「真、真的嗎……」

步伐慢慢地變小的泉的背後，被水澤輕輕地拍了拍。

「好了好了，畢竟白天是行人很平常地來往的通道，只是有一點點暗和毛骨悚然，感覺還會出現鬼怪罷了。」

「就是那樣才恐怖啊！」

泉拚命訴苦。水澤那聰明的嘲弄強悍過頭了。

「哦，是從這裡出發啊。」

完全無視泉的水澤視線前方是條微暗的窄路。這裡就當成起點。

前往野營場的道路有兩種，一種是可以行走，車子也平常地來往的道路。另外一種是這邊，儘管路有鋪好，卻要通過缺乏照明的森林中的窄路。

也就是說，這次是要分成兩人一組或者三人一組，走過這個森林中的通道，一直到野營場那邊的意思。

那條跟大馬路不同的通道看起來就微暗，說真的那毛骨悚然到就算要我一個人走也會覺得有點害怕。明明我並不是沒辦法忍受恐怖的東西啊。

「欸、欸……真的很暗的說。」

泉的眼裡半噙著淚水發出虛弱的聲音。仔細一看，她的手臂已經伸向中村，輕輕地揪著中村所穿的運動衫。

馬上就發現那種情形的水澤指著那，啊～！地發出了聲音。

「這可真是親熱！你們兩個快點出發啦——！」

這時日南也說了「嗯，畢竟都被那樣對待了呢……」這樣的話助攻，催促他們前進。

「咦、咦、咦，等等我沒那個意思……！」

對於慌張地一邊放開手指一邊抵抗的泉。

「不，已經沒轍了……走囉。」

中村或許是察覺不管說什麼都不會被聽進去，而以死心的態度在泉前面帶路。

「咦，等、等等，等我一下啊修二！」

「動作很慢耶。」

「咦，真、真是的——！」

隨著聲音消失在黑暗之中。

像這樣確認已經完全看不見那兩個人之後。

「孝弘，幹得好！」

深實實笑容滿面地比出讚的手勢。

「哈哈哈，還好啦。不過這樣就……」水澤一邊點了好幾次頭一邊說。「作戰，全部結束了啊。」

對。作戰結束。接下來第二組人的出發時間要晚十幾分鐘以上，所以有製造出兩人在終點獨處的時間，那時就做出什麼行動吧，中村！到這種情況為止，是這次集體外宿最後的作戰。

日南跟深實實滿足地點著頭。該怎麼說，我也有種成就感。哎呀，做了不少事啊。真的希望能夠以好結果收尾。

「要是舞台都調整到這種地步還什麼都沒發生，中中就不是男人了呢～！」

深實實嘻嘻嘻地笑著。

「說不定反而是優鈴進攻呢！」

「那種情況一定要避免啊修二！為了你的名譽！」

日南跟水澤也跟著接話而笑出來。

「咦，什麼？在講啥啊？」

我們一邊華麗地忽視竹井傳來的聲音，開始討論接下來誰要出發。

「好──！出發囉──！」

「喂，深實實，腳邊有高低差！」

「哦哦!?」

泉跟中村出發的幾十分鐘後，熱鬧地出發的是深實實跟水澤。我們用那種出石頭跟出布來分組的方式，發展成水澤&深實實率先出發，我&日南&竹井三個人之後再出發的情形。不過該怎麼說，我跟日南還有竹井的組合非常有特色啊。

「嗯，其實是做了那種作戰……」

「咦咦!?是那樣嗎!?先告訴我嘛～」

「因為竹井沒辦法演戲之類的吧？」

「這、這樣說應該也是沒錯啦～」

因為全都已經結束了，日南就告訴竹井這次集體外宿的真正目的。他以「怎麼這樣～」這種像是在悲嘆的聲音，對於只有自己不知道作戰的進行感到悲傷。

然後在深實實跟水澤出發之後，又差不多經過了十分鐘。

「嗯，差不多該出發了吧……好、好暗啊。」

隨著日南以像是害怕一樣的音色所說的一番話，我們三個人也要出發了。

＊　＊　＊

「呀啊!?」

對於被竹井踩到而折斷的樹枝所發出的聲響，日南做出過頭的反應。

「喂——葵也嚇過頭了吧～」

竹井一邊開心地咯咯笑，一邊窺視著日南的臉。

「吵、吵死了竹井！可怕的東西就是可怕！」

日南一邊以有點不滿的語調這麼說，一邊迅速加快走路的速度。

「我一點都不害怕的說～！怎樣？我很厲害吧？」

得意忘形的竹井在自誇。日南就「嗯——算是啦」點頭。

「不害怕這種東西的人確實值得依賴也說不定？」

對於像個小惡魔般說著的日南，竹井綻放出笑容。這個單純生物是怎樣？

「真假⁉我值得依賴⁉」

「可是……」日南環視我跟竹井。「也有可能是因為有三個人在所以不會害怕吧？」

竹井用力地搖搖頭。

「不！沒有那種事的說！」

「那你一個人也有辦法走？」

「游刃有餘！」

「真的？」

「真的真的！要是自己過去的話會很猛嗎⁉」

「嗯，我覺得會靠得住又很帥。」

「真假⁉好——！」他一邊說一邊把短袖捲起來。「那妳就好好看著喔⁉」

「咦，你真的有辦法⁉」

「這是當然的吧～！」

竹井就這樣一個人迅速地向前進。

「好、好厲害——！」

日南一邊微微拍手一邊說道。

「對吧～！啊、哈、哈～！」

然後我們兩個人站在原地目送竹井之後，就慢慢地看不見他的身影。

後來連聲音也聽不見，竹井完全地登出了。

——呃呃，這是怎樣？妳完全引誘竹井先走了吧日南？

在黑暗的夜路變成兩人獨處。這有一點……讓人緊張。

「……妳、妳想做什麼。」

我在心臟的鼓動只有一點點加速的同時小聲地詢問她，日南便滿足地點了頭。

「畢竟機會難得，在這裡也能召開會議的話時間效率比較好吧。怎樣了呢？課題。」

日南整個回到了平常的語氣說道。

「啊啊……是這麼一回事呢。」

所以才把竹井這個麻煩精趕走呢。對於那理性過頭的思考，我又嘆了一口氣。

心跳加速真是虧了。

「……嗯？」

然而日南對於我的反應，不知道為什麼開心地笑出來。

「欸？是這麼一回事，是指什麼？除了『這麼一回事』之外還有什麼嗎？」

像是刻意把臉靠近過來的日南髮絲，觸碰到我脖子的根部。喔、喔喔……

「沒、沒什麼。」

感覺到臉頰一點一滴地發熱起來的同時，我只讓上半身閃避躲開日南的攻擊，日南就「哼哼」這樣滿足地呼出鼻息。

「欸～？」

「怎、怎樣啦？」

「那麼……在這裡做一個特訓喔？」

那麼說的日南表情明顯地充滿嗜虐的神色，我完全只有不好的預感。

「特、特訓是，怎樣？」

「你想想，剛才也對竹井說過了吧？『靠得住又很帥』。」

「是、是啊。」

「所以，比如說——」

話說完後，日南就發出「呀！」之類的聲音，緊緊地抓住我的手臂。

「咦、咦、咦，什麼!?」

我對於那個行動明顯地困惑的同時，日南就用溼潤的眼瞳注視著我。

「這、這種時候……要是不豪邁點，不就不行了喔……？」

那種纖弱、柔弱，有點勾起保護她欲望的可愛聲音，多少也含有像是在戲弄我般的成分，這時我瞭解了這傢伙想做的事情。

「……是跟感到害怕的女孩子一起，豪邁走路的練習，這樣子嗎……」

從日南的手掌心傳遞到我上臂的體溫，讓我完全心跳加速的同時，我這麼說。

然後日南就由下往上用她那像是受怕的眼睛看著我點頭。

「嗯……就是這樣。我可是，依靠著你喔……？」

然後她的兩臂環繞過來，又把我的右臂擁抱得更緊，同時整個人貼上來這麼講。

「喔、喔……」

那是如果沒看到這傢伙的嘴角有一瞬間扭曲賊笑的話，就有完全讓我誤會可能性的完美而害怕地撒嬌的表情。

儘管我知道那是演技，不過還是感到心跳加快。我、我可不會輸喔。

＊　＊　＊

日南摟住我的手臂，身體完全緊貼著我而慢慢地走著。

「嗚、嗚嗚，好暗……」

「對對、對啊……」

我配合著她的步調同時，整條手臂確實感受到的日南身體的柔軟，奪去了我的思考。胸部……我想大概不太可能有碰到的樣子，不過腋下或者側腹之類的，那種地方緊緊地貼著我的手臂。隔著一件輕薄的T恤，就是日南露出來的肌膚。

「呀啊!?」

發出聽起來很可愛的聲音同時，又更加強了捉住手臂的力氣，我的手臂更進一步地用力陷進日南柔軟的身體。

「妳、妳啊……那樣子做過頭了。」

包含著想讓意識不去注意那邊的成分，我以客觀的角度說道。然而日南並不介意那種情形。

「欸，友崎同學……」她一直低著頭，跟我的目光對上。「不要放開我喔……？」

「……唔、嗯。」

我屈服於那壓倒性的，已經到了可以當成暴力等級的女主角之力，回神過來就已經點頭了。妳放心吧，我不會放開的。我有了這樣的想法。

呃不行不行！我在想什麼東西啊。這不就完全受她掌控了嗎。明明日南只是在戲弄我讓我困擾而已……可是，臉跟表情還有舉止都很可愛，而且實際感受到她身體的柔軟還有體溫之類的東西的話，就已經跟演技之類的沒有關係了吧……更何況是在這條黑暗的夜路兩人獨處……

這不是重點。

「……好。」

我以左手輕拍臉頰，重新提起精神。我的側腹被戳了戳，日南的指頭像是在描線一般地觸碰。

「呀啊!?」

重新提起的精神一瞬間霧散，我發出了丟人的聲音。

「友崎同學……沒事吧？」

日南像是在擔心我一樣發出聲音。不，剛才下手的是妳吧。

不過是這樣啊，好歹也算是舉止豪邁的練習吧。『沒事吧？』，指的是不是要我豪邁起來的意思呢？

「……唔，嗯。沒事。」

我算是為了貫徹那個特訓而往前進。不過她就算這樣也是我『人生』的導師，儘管嗜虐性的動機應該比較大，她說的話還是要遵從才行。

「唔哦？」

實在有夠魅惑的非日常，讓我腦袋昏沉地前行時，眼前有小小的蟲子飛過。

「怎、怎麼了!?」

對於我發出來的小小聲音反應過度，日南放開了我的手，從我背後用雙手抱上來。

與整個背貼在一起的柔軟，還有細微地顫抖著的纖細手臂，讓我的腦袋完全融化了。

已經不行了。腦袋，is，恐慌狀態。

「什、什麼事都沒有。有蟲子，飛過去了，而已。」

「這、這樣啊……？」

日南一邊這麼說一邊從背後鬆手再次摟起我的手臂。我壓抑著不由得希望她再多貼過來一點之類的心情看了日南的表情，發覺她的嘴角稍微浮現出滿足的笑意。喂，寫在臉上了寫在臉上了。

不過，可惡啊。要是一直被掌控到這種地步，還真的會覺得不甘心啊。我這裡有沒有辦法做些什麼對她還以顏色呢？

由於日南頭靠在我肩膀上，這份重量讓我覺得很舒服所以不禁有些不甘，同時我環顧四周，發現幾步前的地面上有蟬。

啊，就是那個！

雖然這有一半是賭博，不過要是那隻蟬還活著的話……

在離牠很近的地方用力踏腳，牠就會突然飛起來吧，可以進行最終蟬攻擊！

因為我自己有做好心理準備，應該多少能減少驚訝才對！

我不打算放棄那樣的機會而把視線從蟬身上移開，同時打算忽視日南用非常女孩子氣的口吻所說的「友崎同學的手臂，筋骨意外地結實……很有男孩子的感覺呢。」這類的話堅持下去。

然後持續撐了幾秒。我們到了離那隻蟬很近的地方。

接招吧！

我大力地在牠附近踩出聲音後，那隻蟬就「嘰嘰嘰！」地邊叫邊飛起來。

「呀，什、什麼!?」

「唔哇啊!?」

跟之前有點不一樣，日南以感覺比較不像是裝出來的語調發出聲音。呵、呵、呵。除去我也唔哇啊這樣叫出來的情形，這可是大成功啊。活該吧日南。

我滿足的同時不懷好意地笑出來而看向日南。

然後日南只有一瞬間像是朝我瞪回來一樣看著我。怎樣？

接著她兩隻手都放開我，用手掩住嘴巴。

「嚇、嚇了我一跳……」

又用加了演技的聲音說話，當場一屁股坐下來。

「喂、喂，日南……」

我對她搭話之後，日南就眼中帶淚地往上看我，微微地左右搖頭。

「站、站不起來……」

這個演技是怎樣？是因為被我稍微嚇到了，所以打算還以什麼顏色的策略嗎？不過也沒差吧，畢竟我也用蟬攻其不備，這時就老實承受吧。

「沒、沒事吧？」

「我、我不行了……」

日南像是在請求一般地持續注視著我。

呃、呃，這也就是說……

「是要我拉妳起來嗎？」

然後日南就微微地點頭。

「……唔、嗯。」

說完之後，她就把兩臂稍微抬起來一點點，空出腋下的部分。

咦，稍等一下。是從那邊嗎？這種時候一般來講，應該是拉手臂讓她站起來不是嗎？她那種姿勢看起來簡直就是要我從她腋下把她環抱起來……這是真的嗎。

「快、快點……」

日南以好像要哭出來的表情這麼說。就算知道那是演技還是讓我直覺性地有了「不能讓這女孩子哭！只能幫助她！」之類的心情。這是怎樣。

「哦、喔……」

然後我就自然地順著抱起日南的兩腋。

接下來。

日南就那樣直接把兩隻手臂繞過我的脖子。

「……咦。」

我的腦袋僵住之後，日南就維持那樣，緊緊地注視我的眼睛。

「怎、怎麼了？」

然而日南還是注視著我，不說話，像是裝傻一樣地微笑，然後誘人地微微張開嘴唇。這、這種蠱惑人心的表情是怎樣。

不過我都難得用蟬還以顏色了，也萌生了已經不想再輸下去的對抗心，而緊緊地盯回她的臉。

然後日南就用舌頭輕舔嘴唇，溼潤唇瓣。

接著緩緩地對繞過我脖子的雙臂使力，把臉靠近過來。

哦，喔喔。怎麼了怎麼了。我這樣想著的同時，仍然持續以沒啥意義的對抗心注視著日南。要是再被妳玩得團團轉誰還受得了啊。要是在這個時候移開目光之類的話後來還會被妳戲弄吧。

我只靠氣勢跟意志不聞不動後，一點一滴地，日南的臉、肌膚、唇瓣，漸漸地筆直朝我接近。

從十幾公分漸漸地變成十公分，然後到了幾公分的距離，緩緩地緩緩地，將那個空間埋沒。從日南嘴裡微微呼出的溫熱吐息，輕撫著我的嘴唇。

然後到了鼻尖跟鼻尖好像會碰到又好像不會的距離。

日南像是要避開碰觸一般地，把臉往旁邊移開一點點。

那個動作簡直就是——

「唔啊喔!?」

我忍受不了而迅速地把臉移開。

然後回神，察覺到……我、我輸了。

我把視線朝向她後，發覺日南的臉還是在一樣的位置而不懷好意地提起嘴角，擺出誇耀自己勝利的表情。

「可、可惡……」

我一邊看著那張臉，一邊發出聲音。果然這傢伙還是高了好幾層樓啊。

不過我這時發覺到——奇怪？剛才日南的嘴唇，所在的位置是。

「你的修行還差得遠呢。那麼我們快點走吧。」

日南一邊說一邊站起來。我就「哦，喔」這樣一邊回應一邊跟著她。

不過，日南的嘴唇最後所在的位置，是我的嘴唇原來的位置啊！

……要是我不避開的話會怎麼樣呢？

……這代表她，確定我一定會避開？

在那樣的事實再次讓我的胸口異常地心跳加速的同時，我們兩個人抵達了野營場。

＊　＊　＊

在野營場的中央中心附近，他們五個人已經集合好了。

「你們兩個好慢喔～我一個人過來了喔葵～！」

竹井對最後抵達的我跟日南發話。

「哎呀～不怎麼可怕呢～」

日南以難以理解的語調這麼說，用裝傻的表情甩了甩手。我應該怎麼解讀這個才好。

「哪有——！明明超可怕的說!?」

泉老實地吐露感想，不過或許是經過了不短的時間了吧，看她已經很有精神了。

「妳像個白痴一樣一直在害怕啊。」

「啊!?白痴是多餘的！」

「好好好。」

「什麼態度啊——!?」

「好了——那就回去吧～」

乾脆地無視泉的同時，中村往小木屋的方向走去。

「你等一下啦！」

泉很著急似地跟過去，在他身邊並列。

如果不是我多心的話——那兩個人的距離，好像比剛才還要近。

我們稍微跟他們拉開一段間隔。

「……欸。」日南對水澤小聲地說。「修二跟優鈴怎樣了？你有問嗎？」

然後水澤他，不知道為什麼像是覺得很好笑一樣，「嗯——」一聲想了要說什麼才開口。我在日南的身邊聽著兩人對話。

「好像沒有告白的樣子呢。」

「咦～？」

日南無力地垂下肩膀。

「不過……」水澤他微笑著，看著中村跟泉。「有約好，下次兩個人一起去玩喔。」

然後他看向日南，嬉鬧似地挑起眉毛笑著。

「……只有約好去玩？」

「嗯，只有那樣。」

水澤維持著嬉鬧的表情這麼說。

日南嘆了氣，但同時也憐愛般地露出微笑。

「唉……那兩個人，真是沒辦法……」

水澤也點頭。

「真的是……只會一點一滴地慢慢推進啊。那兩個笨蛋。」

然後他多少像是惡作劇一般空虛地，不過又像打從心底感到開心一樣，咯咯咯地笑出來。

那是彷彿在守護著惹人憐愛的事物、祝福那小小的一步一般溫柔的笑容。

「唉。希望他能學學要朝著學姊順利進攻的孝弘啊。」

對於用像在敷衍一樣口氣說話的日南，水澤刻意聳肩，

「真的耶。真是，兩個人長相都不錯，說要聊天也有聊天的頭腦啊，要更俐落才對嘛……對吧？」

跟那種吊兒郎當的語氣相反，水澤的目光好像在看某個遙遠的地方，帶有寂寞的感覺。從他的表情看來也像是在深刻地體會什麼。

雖然水澤有時候會顯露這種目光，不過我並不曉得這種時候的水澤是在思考些什麼。

「總之，孝弘跟那個學姊也順利進展就好了呢。」

「哈哈哈，是啊。能順利進展就好囉。」

而且不知道為什麼呢，水澤的語調，果然多少像是在講別人的事情。

＊　＊　＊

「早上九點可以吧？」

「對。」

水澤回答中村的問題。竹井把燈關掉之後，為了預防萬一所以每個人都設定手機鬧鐘再就寢……這是不可能的。

「哎呀——說起來泉穿T恤溼掉，很色情啊!?」

以竹井興奮的一句話，開始了今天的泳裝感想會。

「不過——那傢伙就只有身材好啊。」中村以高姿態的感覺回應。

「這樣嗎——？我是喜歡深實實那樣子的身材說～」水澤也跟著講。

「不不不，果然還是泉的巨乳最棒了吧!?」竹井繼續推崇泉。

「喂——小臂在裝睡嗎～？」

中村像是在開玩笑而這麼說。誰是小狗狗啊。不過，不跟著聊不行嗎……

「沒睡啦……」

「你這傢伙覺得怎樣啊？」

「我、我嗎……」

還是，不要跟已經講到的人重複比較好嗎？我這樣想著。

「日南的姿勢很好……戳、戳到我的點了吧？」

說完之後中村就噴笑。

「我可沒聽說過你會因為姿勢而興奮喔！」

「文也果然挺怪的啊。」

「小臂真的很有哏耶！」

「並，並不是會因為姿勢而興奮……還有別再叫我小臂了……」

被波濤洶湧的現充攻勢壓倒，我的句尾畏縮了起來。

「為什麼？很適合你啊，像狗一樣。」中村像是瞧不起我般這樣講。

「嗯……」水澤稍微隔了一段時間。「畢竟狗的老二也很大啊。」

「啊哈哈哈哈哈！」

然後竹井大笑出來。這個洗禮……！這、這就是男生的陣勢……！

不過，在這個戰場上的話……在這裡的話我就能戰鬥了……！

「大……」

「啊？」

中村對於小聲吐露話語的我有所反應。

「大又沒啥不好。比小的中村還有用。」

說完之後，可能因為都已經是第二次了吧，中村就好戰地賊笑起來，以從容的表情開了口。

「哦？說了那些，不過你沒有用過吧？」

如此乾脆地遭受反擊，我不禁無話可說。

「唔……」

我這個反應讓水澤爆笑起來。

不、不過，就算馬上就受到反擊但這樣是第三次！可以當成達成課題了才對！嗯！

然後這種氣氛持續幾十分鐘，或許是終於累了吧，漸漸地安靜了下來。乖巧起來的三個現充，各自開始玩起自己的手機。畫面在黑暗中亮起來，朦朧地照出各自的臉。

我也像他們一樣滑著手機，努力地收集跟 AttaFami 有關的資訊。

然後，日南忽然傳來了一對一的 LINE 訊息。

『還醒著嗎？』

我在想她是有什麼事的同時，打字回她。

『還醒著就是了』

『如果還沒睡的話，我想說開一下這次外宿的反省會也好，怎樣？』

反省會嗎。嗯，雖然明天還是有明天要做的事情，不過重頭戲感覺就到此為止了啊。

『可以是可以，但要現在特地開？』

『嗯，結束之後約在哪裡也行，不過反正都要開就要有效率地利用時間囉』

又是很像這傢伙的合理做法。

『呃——那麼，要在哪裡開？』

『總之，你先到女生的小木屋前面。在那邊決定吧。』

『瞭解』

接著，我就說了「上一下廁所……」之類的話，離開了小木屋。

＊　＊　＊

「來了呢。」

在微暗中站得直挺挺的日南，如同絲絹一般的黑髮受到夜風微微拂起的同時，以平常那帥氣的口氣這麼說。

「喔。」

「總之就先……過去中心吧？」

「……嗯？啊啊，也對，畢竟可以坐下來。」

我跟日南朝著中心走去。

走了一陣子，抵達之後，日南就說了「先等我一下」而消失在女廁之中。嗯，是忍了一陣子嗎？那麼在中心集合不就好了嗎？雖然也沒差啦。

然後過了一陣子，她回來了。

我跟日南在等候室的椅子坐下，開始了會議。

「好，那麼就先做這次集體外宿的總整理囉。」

「好，麻煩了。」

「首先我想想……關於『嘲弄或者反駁中村』這個課題的情況？」

我對於她那番話，沒有出聲地笑出來。

「喔喔，三次都成功囉。首先第一次是——」

我說明『備胎』的事、『老二好小！』的事，還有『大又沒啥不好！』的事。奇怪？三個裡面有兩個跟老二有關喔？不過，畢竟是男生所以沒辦法吧！

「真、真無聊……」日南扶著額頭。「不過，算是有做到所以合格……吧。」

「好耶！」我緊緊握拳。

「不過這樣你就了解了吧？為了成為現充，在增進感情的層面上也好，締結對等關係的層面上也罷，『嘲弄』會派上很大的用場。」

我點頭。

「怎麼說，這讓我覺得人際關係真可怕啊……」

「不過，那該說是一種細微的位置嗎，群體會藉由那種作用而圓滑地……」

這時日南沒有再說下去。

「咦？怎麼了？」

「——等一下。有人來了。」

被那冷靜的語調催促的我站了起來，我覺得應該躲起來比較好而躲進附近的茶水間。說著「也不用特別躲起來」的日南聲音傳過來的同時，自動門打開了。

我從門上的小玻璃窗窺視，發覺從外面進來的是水澤。

「欸？孝弘也上廁所？」

「……以為葵跟友崎會在一起的說……看來估計錯誤了啊。」

「……咦咦？」

日南刻意發出不知情的聲音，不過多少看得見警戒的神色。水澤進入了男廁，接著馬上就出來了。總覺得情況變得很微妙了啊。該怎麼辦，這種狀況。

「嗯──？是在哪裡錯開了嗎？」

「孝弘不是來上廁所的啊？」

「不，該怎麼說啊……算了，反正機會難得就稍微聊一下吧。」

然後他說了「嘿咻」之類的，坐到日南身邊。咦，會待很久的感覺？

水澤像是放鬆了般，聲音沒什麼力。不過總覺得氣氛滿怪的。

一開始我就沒辦法聽出『稍微聊一下吧』這種別有深意的話語的真正意涵，而且『以為葵跟友崎會在一起的說』這種不知道為什麼會猜中事實的一句話，我也不曉得理由。

我只能偷偷地觀察情勢，一個人孤獨地著急到不行。

「說起來那兩個人，有一點點進展真是太好了呢──」

日南像是在探詢似的，打算避開決定性的某種事物，而拋出話題。

「是啊～不過，都幫忙準備這麼多了，卻只以一起去玩的約定收尾，也笨拙過頭了吧？」

水澤以比起平常更沉穩些的聲音說話，像是很開心地咯咯咯笑出來。

「對啊！真的是，到底有多純情啊！」

「對對對！那兩個人，笨拙又純情，好笨啊……真的是。」

「嗯嗯。」

日南以平常的感覺附和。

不過這時的水澤，是用那種有點遙遠、帶點寂寞的眼神，注視著可以從自動門看見的外頭。

我果然還是不知道，這種時候的水澤在思考些什麼。

後來水澤終於緩緩地開了口。

「不過像那樣子……說不定挺厲害的呢，我會有這一類的想法啊。」

「……嗯？」

對於水澤那句低聲落入靜寂中的話語，日南發出像是覺得不可思議的聲音。

然後水澤仍然看著外面，以像是要掩蓋害羞的輕浮語調，或許是希望氣氛不要太過嚴肅吧？他兩手在頭上交扣，用力地伸展。

「嗯——該怎麼說呢，優鈴也是、修二也是……還有，文也也是那樣。總覺得他們都是做著自己想要做的事情，好好地對自己投入感情，全心感到歡喜，全心感到悲傷……應該說，無論何時都全心全意吧。」

自己的名字被提到令我驚訝。

不過這時，我想起了水澤一直以來提到過幾次關於我的『全心全意』，還有我的『努力』的事。

而且當他講到那些事的時候，一定會一起出現的——就是那張笑臉。

不瞭解他在思考些什麼的，那張寂寞的笑臉。

我的腦袋中，重新出現了水澤小小聲地，像是自我反省一般吐露的，『不過我確實是什麼事情都能做到啊。就算沒有特別努力也是』這句話。

「……嗯。」

日南小聲地附和。水澤放開雙手，無力地垂下。

然後以輕浮的口氣，編織起話語。

「哎呀。真的是，優鈴跟修二稍微對上眼就會臉紅，明明兩情相悅卻過於在意對方才會都沒有進展啊……文也他，面對所有的事情都認真到不行，笨拙地想把事情做好。總覺得好像非常開心的樣子啊，那幾個人。」

「……的確，修二跟優鈴，都是笨蛋呢……友崎同學他是那樣子嗎？」

日南她一邊呵呵笑著，一邊點頭。

「我想想啊。文也說不定有點不太一樣……」

然後水澤也突然笑出來。

「優鈴跟修二，那兩個人，是頭腦不好而且很笨。」

水澤繼續說起之前某個時候曾對我說過的話語。

「所以啊。我看著修二跟優鈴的那種戀愛，還有……文也的那種個性之類的，心裡有些想法。」

「嗯……什麼想法？」

日南以誠懇的語調，聽著水澤所說的話。

「我是不是，也要試著當個笨蛋呢？這樣。」

「當笨蛋？」

水澤點頭。

「我啊。嗯，用文也那種方式來解釋的話——是說，每天好像都跟遊戲一樣吧？可是我並不認真啊。該說雖然是我在操作，可是行動的並不是我嗎？就算失敗，辛苦的也是受到操作的那個『角色』而不是我。就算事情順利也不是我在開心……樂在其中的，也不是我。」

水澤從多少像是在掩蓋害羞一樣的嬉鬧語調，一點一滴地轉為認真的口氣。

「……意思是，你一直保持距離看著自己？」

日南慎重地消化水澤的話語。

「嗯，就那種感覺。所以啊，妳想想，有說過我跟其他學校的學姊如何吧？那也是啊……我只是思考著這個學姊等級很高、交往起來的話應該很讚啊——還有，這麼做大概就能順利成功了吧？這一類的事而行動。什麼感動、害羞、喜歡或者討厭，是不是自己真正想去做的事情之類的，對我來說大概都沒有這麼一回事啊。」

日南一邊咬緊嘴唇，一邊微微地點頭。

水澤他又以那個目光寂寞地笑出來。

「我啊。只是單純地，靈巧地把事情做好罷了。」

在沒有人煙的寬敞室內，水澤小聲又切身的話語迴響著。

日南看著水澤的眼睛聽著他說話。

「是這樣子啊。」

靜寂之中。只有兩個人的聲音，還有在旁邊發光的自動販賣機小小的運作聲微微地響起。

不知道這些話我該不該聽呢。

他的等級很高，什麼事都做得到，也就是說是強角。我為了成為現充而甚至當作參考標準的水澤，在某個層面上弱小的一面。他的真心話。

那恐怕是對於沒辦法認真起來的自己的劣等感，還有懺悔。

那些話，我擅自以偷聽般的形式聽見了，這樣子真的好嗎？

我開始微微地把力氣注入腳中。

水澤他小聲地嘆了一口氣出來。

「……所以啊，我瞭解的。」

「瞭解，是瞭解什麼？」

被那麼問的水澤，筆直地看著日南的臉。

日南也確實地對上了他的視線。

一小段時間的沉默。認真地重合的視線。

後來水澤他，像是用指甲把那繃得緊緊的氣氛給撥開般地開了口。

「——葵也是那樣子吧？」

我倒抽了一口氣。身體僵直。

因為剛才的話也就代表……

是在說日南平常身為完美女主角的模樣——應該是以計算跟演技所製作出來的面具。

那番話是看穿了想必沒有任何人看透的真相的沉靜告發。

日南不知道是顯露演技還是真心，像是覺得困擾般地游移視線。

「我也是保持距離看著自己，同時把所有事都做好而已，是這個意思？」

「對。」

水澤點頭。他的指摘，就算以知道日南真心話的我來看，也是一針見血。

扮演著身為完美女主角的自己，為了君臨校內頂尖的階級地位，還有為了在課業跟田徑都君臨最高點而做出來的，累積厚實努力而塑造的面具。

那確確實實存在於日南微笑著的完美表情之上。

更加緊繃的氣氛與寂靜。

對於沒有因為尷尬而害羞地笑著逃避，只是真摯地對著日南的眼睛，持續地注視她內心深處的水澤的視線。

日南她，露出了微笑——

「確實是那樣也說不定呢。」

——她肯定了。

把臉對著水澤的日南眼神極為認真，水澤也沒有讓眼睛移開她的視線。我同樣沒有辦法從日南的表情、話語中，把意識移向別的地方。

「嗯，果然……是那樣子啊。」

水澤一邊笑著，一邊把臉朝下。

然後日南她，仍然把視線朝向水澤而點頭，之後又一次開了口。

「我啊……」

我的思考就像是被奪走一樣，專注在那個聲音上頭。

「……你想想，說白了啊。該說是受到期待嗎？那個人，日南葵什麼都很厲害喔！別人會對我這麼想吧？」

——然而，日南所說出來的那番話是。

「所以我下意識地壓抑住自我……比起我真的想要做的事情之類的，扮演別人所需求的自己比較重要的想法，說真的，有是有啦。應該說，我認為不回應期待可不行，所以努力了很多嗎？不過，至今有了這麼多的成果，相對地不想讓人失望！這種為了自己的自尊心當然也是有的喔。啊！這是祕密喔！」

——並不是拿掉面具，以真正的日南葵的身分所說的話語。

「所以孝弘的心情，我應該也有點瞭解吧。並不是做著自己覺得想做的事，不是好好地對自己投入感情……變成了這樣做比較好所以才做，這樣子的感覺的話，不管怎樣都會愈來愈無聊呢。我也是……嗯，有那種情形。」

——並不是平常理性又符合邏輯到了冷漠的地步，正確過了頭的話語。

「可是啊，那種情形，我覺得果然是無可奈何的呢。該說只是修二或優鈴那種人比較稀奇嗎？兩個人都是非常有力的吧？而且，還很笨呢！還有友崎同學也是個怪人吧？啊哈哈。所以要像那樣的話一般來說做不到做不到！我覺得，每一個一般人在很多時候……都用上了演技。所以啊，舉例來講，就算真的找到了一個可以讓你展現真正自我的對象之類的，我想也只能像那樣做出妥協而已呢……是這樣吧？我是會那麼做啦！」

——而是從學校的完美女主角這種『面具』所做出來的，暫時性的好幾句話。

我只是愣在那。

因為日南她，日南葵她。

自己所隱藏著的真相，也就是平常讓大家看見的個性全部都是面具，其實是像在玩遊戲一樣地操作著自己，只是持續那樣遊玩著的事。

就算那個真相被別人從正面突然硬伸進一隻手，也毫不在意。

完全不介意那種情況，像是舉手之勞，輕輕鬆鬆，彷彿踹開雜兵的魔王，就像用了魔法般把別人所捉住的真相轉為虛構，完美地扮演著『真摯地接受吐露煩惱的同班同學諮商，學校的完美女主角』這樣子的角色。

剛才所編織的好幾句話語之中，身為 NO NAME 的日南葵，連一絲都不存在。

「……哈哈哈。」

水澤他發出了乾涸的笑聲。

「咦，怎、怎麼了？」

日南裝出像是困惑的聲音，觀察著水澤的表情。

「葵，妳真的很厲害啊。」

「咦？沒啦，剛才沒說到那麼重大的事……」

「那種反應就不用了。」

對於他認真的語調，日南沉默下來。就連那種行為，都已經只能看成完美演技的一部分。

水澤面對著那壓倒性的魔王，浮現出多少看似好戰的笑容，像是很開心地開了口。

「真奇怪——我啊，應該是會在女孩子面前扮演對方理想中的角色，打聽出對方的真心話，接納對方，反而讓對方在我的掌握中起舞的這種類型的人才對。」

以我來看，只覺得水澤像是對於這種狀況感到興奮。

「……為什麼剛才是我把真心話講白，而葵在演戲呢？一般來講是反過來吧？這種情況還是第一次喔？」

然後他像是覺得很好笑一般，打從心底感到開心似地咯咯咯笑出來。

「咦、咦咦？就算你這麼說……」

日南浮現出身為完美女主角的困擾笑臉。

「果然，只有葵，我打不過啊。」

雖然是承認自己敗北的話語，不過那不知為何，帶著滿足的感覺。

「那是怎樣，在誇獎我？」

日南身為完美女主角，用像在惡作劇似地口氣隨口說說。

「我說啊。都這樣把真心話說出來了，妳就再聽我講一件事吧。」

「咦？什、什麼？」

然後水澤就露出賊笑，目光充滿活力地說道。

「我啊，大概是喜歡葵吧。總有一天，我想聽聽葵的真心話——我有了這種想法。」

日南對於那番話，顯露驚訝程度不小的表情。然後小聲地細語了「——嗯，謝謝」。

「嗯，不過就算說要妳跟我交往，也沒辦法吧？」

「……抱歉。」

日南低垂目光，小小聲地說。水澤開朗地笑出來。

「哈哈哈，不過也對，都說到這種地步了卻連真心話都不打算告訴我，那樣子根本就不可能交往。」

「抱歉。」

日南像是要忽視話語真正的意思一樣，又重複了一次。水澤一邊微笑，一邊輕輕地點頭。

「啊——果然很那個啊。試著說真心話卻被否定……果然有點難受啊。」

「……嗯。」

水澤的那對眼瞳像是因為悲傷而無法保持從容，不過，他的嘴角看來同時也多少帶著滿足。

「不過啊。」

水澤一邊說一邊向天花板伸展雙手，神清氣爽地笑道。

「——舒爽多啦！」

接著便以少年般的親切笑臉，覺得很好笑地咯咯咯笑出來。我覺得好像是第一次看見水澤用這樣的笑法面對自身發生的事情。

「總覺得啊，說不定很久沒這麼做了呢。像這樣面對自己想做的事情，認真地做了些什麼。」

水澤以神清氣爽的表情搔了搔脖子一帶。

「啊哈哈哈。也就是說～對我認真到那種地步的意思？」

日南扮演要緩和拒絕告白後尷尬氣氛的女孩子，顯露完美的演技。

「不過，我都說到這種地步了，就沒有打算要放棄。」

水澤的聲音極度地認真。

「這樣啊。可是我很厲害的喔～」

日南一邊嬉鬧地說道，一邊浮現出像在開玩笑的笑容。

不過水澤並沒有因為那樣而笑出來。

然後他——維持著那認真的表情，又一次緊緊地注視日南。

「欸，葵。」

「……怎麼了？」

從正面踏近，名為日南葵的魔王級怪物。

「葵，妳啊。」

「……嗯？」

吐露出像是直接把問題投給面具後方的『日南葵』一般的話語。

「——葵，妳待在那一側是要待到什麼時候？」

水澤的眼睛裡頭，點燃了像是只全心全意地注視著近在眼前的事物般的意志。

＊　＊　＊

靜寂之中，只有在旁邊發光的自動販賣機的小小運作聲響起。

我在奇妙的氣氛之中，一邊壓抑氣息一邊思考，後來終究導引到一個結論。

我在茶水間的門後把力氣注入腳中——解放出來。

「——抱、抱歉！沒想到會變成這樣！」

我從茶水間跳了出來。

「……文也？」

水澤驚訝般地朝向我這，日南則在他的視線死角像是傻眼一樣地按著額頭。

「沒、沒啦，因為想說會被懷疑很奇怪就躲起來了，沒想到會變成這樣……對不起！」

我打算盡可能簡潔地說明情況，讓頭腦全力運轉而編織話語。

日南也像是配合我般地開口。

「那個——剛才從廁所出來的時候遇到了他，因為稍微聊了一下就有孝弘過來的跡象，友崎同學不知道為什麼就躲起來。然後他就沒辦法出來了，大概就那種感覺。」

水澤說了「那什麼鬼？」而無力地嘆氣。

「哎呀——被看到了奇怪的情況呢。」

「抱、抱歉，真的很……」

我打從心底後悔著。

「不過啊，你好像也沒有惡意……說起來，沒想到會在這種地方突然告白吧？」

水澤開朗地笑出來。

「是、是啊……哈哈哈。」

我就像要配合他一樣也笑了。

「說是這麼說，會那麼憨直地出來嗎？一般來講。」

他邊說邊像在忍耐般笑道。

「沒、沒啦，我想說……躲起來很那個……」

我結結巴巴地說了之後，水澤仍然笑著，不過不知道為什麼像是有點不甘心，細語著「應該就是因為這種個性吧」。

「咦？」

突然間，日南拍了一下手。

「嗯，這件事就先當成沒發生過吧！總之先回小木屋去！」

「……也對。文也也回去吧～」

「喔，好。」

我仍然處於困惑，而跟水澤一起把日南送到女生的小木屋前，然後兩人就直接回到男生的小木屋。

「……不過，我可不打算當成沒發生過喔。」

跟日南分別之際，對著她往女生小木屋走去的背影，水澤輕聲細語著。不知道這話有沒有傳進那傢伙的耳裡呢？

然後到了隔天。

在回程公車上閒聊的中村跟泉感情很好的模樣、日南還有水澤跟大家開心地聊著天的模樣，都跟之前相同到了不禁讓人發笑的程度——不過我覺得只有那個日南的『沒有變化』，與中村跟泉經歷試膽之後也幾乎沒有改變的『沒有變化』，在意涵上是性質完全不一樣的東西。

4　有時候只是一個選項就會改變一切

集體外宿結束，回到家的那一天晚上。

我躺在自己房間的床上，思考著各種事情。

雖然不停想了許多事物，不過完全沒辦法整理思緒。

水澤跟日南的對話，一直在腦海裡揮之不去。當然，目擊告白也很有衝擊性……不過更勝於那個的是。

透過集體外宿，找到了答案的水澤。

那條路就是——捨棄一直戴著的面具，認真地面對自己真正想要做的事情。

而日南就算聽見了他的答案，仍然一點也沒有動搖自己的答案。

那條路是——固執地守著一直戴著的面具，持續展現完美的演技。

那兩個人多少有點相像——然而，本質上決定性地不同。

面具跟真心。演技跟認真。玩家跟角色。

對著那種相反要素的價值觀，讓那兩人的答案錯開，我覺得就像是界線一樣。

要選擇面具，還是要選擇真心。

要持續扮演下去，還是要認真面對。

要以玩家的視角看著現實，還是要用角色的視角去看待。

然後，兩人所得出的答案，還有答案中的歧見。

不就跟我自己現在置身的狀況有著很深的關聯嗎？

我面對了那種像是預感的不協調感。

而且知道那個答案的，大概不是想必一直都正確的日南葵。

答案一定在——哽在我內心某處的**那一句話**裡頭。

那種預感，同時也存在於那句話之中。

然後，就在剛才，日南所傳過來的 LINE。

『在煙火大會的最後，對菊池同學告白』

我不知道要怎麼解讀這個課題才好。

問她詳情之後，說是從上次約會的情形來看，成功的可能性很高。而且煙火大會這種場合的非日常感也會讓告白成功的可能性更高一層。還有她也說明了，要是失敗的話反而可以當成經驗，對於今後的行動有正面效果的可能性比較高。

我感受到那些話有著確實的說服力，她講的話應該是正確的，照她所講的去做應該效率最好所以接受了。

我對於也許會被她講說『只要單純地，靈巧地把事情做好』，有著莫名的嫌惡感。

可是，我也不知道我該導出來的答案是什麼東西，而有一種被丟進黑暗中般的心情。

明天晚上，就是煙火大會了。

＊　＊　＊

晚上六點半。夏天的太陽幾乎已經西沉，是正從黃昏改變成夜晚的時間。戶田公園車站的前方，多到不行的人潮混雜在一起。

不管往哪個方向看都是一堆人，感覺不管在哪裡吸氣都是吸到別人呼出來的空氣，不由得讓呼吸平緩一些。想到這些幾乎都是為了煙火大會而聚集的人群，就對大會的集客能力感到驚訝。

這樣的話就算是等人也很費力吧——雖然我這麼想，不過看來不用那樣擔心。要說為什麼，就是因為菊池同學的魔力變成了平時的數十倍，不可能沒看到她。

我在站前的通道東看西看、環視周圍，靠近產生著魔力的源頭。

「菊池同學。」

「啊……友崎同學。」

一看見我，她直到剛才都看似不安的表情立刻轉變，轉成了安穩的神色。光是那樣就差點讓我中招了。

明明是這樣，她卻還留有一手。

「……浴衣。」

「啊……是的。」

菊池同學明顯有所顧慮地低下頭，像是害羞般地退後了幾步。喀啷、喀啷，木屐踏出響聲。

「畢、畢竟很難得……」

「嗯，說、說得也是。」

然後菊池同學就像在觀察我一樣，一直低著頭而跟我對上目光的同時。

「……所以我穿過來了。」

「……唔、嗯。」

那一句話成為了把我擊倒的最後一擊。儘管我想辦法在倒下去之前把寶特瓶裡的麥茶喝下不少而勉勉強強地恢復意識，不過思考仍然被奪走了。

「人，很多呢。」

「的確……是這樣呢。」

「……我們走吧。」

「……嗯。」

然後我跟菊池同學為了不走散而維持比平常還靠近一點的距離，開始往煙火大會會場所在地的戶田橋附近走過去。

看了一下，發覺菊池同學穿的是以沉穩的紺色為基底的日式圖案浴衣，而像是要加強對比一般地繫著黃色的纏腰布，十分華麗。儘管如此，整體上還是營造出了非常高雅且富有魅力的印象，不知道是不是因為菊池同學本身就散發的氛圍與清流般的魔力所導致的呢。

感覺我的內心就要被身邊發出來的壓倒性夏日魔法，還有在我心中持續留下清涼餘韻的木屐聲給吸走的同時，我還是有在找路。

說是這麼說，我想著「反正目的地都一樣所以只要跟著人群走就可以了吧？」而疏忽大意的時候，從車站出來的大量行人開始分成幾個方向走了起來。奇、奇怪？

「這些人，全部都是去煙火大會……沒錯吧？」

「我想……大概是那樣子。」

不過想成是因為到會場的路徑不只一條，為了不要一群人都往同一個地方擠，才自然地分開的話，應該就可以了吧？總之我選了人比較多的路做為安全對策。王道才是正道啊。

「總之，我們跟著這邊走吧。」

「唔、嗯。」

菊池同學點了頭，以小小的步伐跟了過來。腳步由於穿著木屐而比平常還要窄，不過她那高雅的行走方式實在是美如畫。

嬌小的身高與擁有透明感的白色肌膚，加上日式圖案的浴衣。由於平常感受到的是妖精般的奇幻氛圍，所以我曾以為適合她的會是她在咖啡廳打工的那種像女僕裝一樣的西洋式裝扮，不過看到她像這樣穿著日式服裝讓我有了新的發現。也就是，菊池同學不管穿什麼都是妖精也是天使還是精靈。

我的目光被她奪去一陣子後，忽然跟菊池同學對上。

「那、那個……友崎同學。」

「……咦？」

我嚇得回神後，菊池同學像是很羞恥地俯著臉。

「……一直被人看著的話……我會害……羞。」

「咦！啊，呃，沒啦！抱、抱歉……我沒那個意思……」

「好、好的，你沒有……那個意思，我知道的……呃——」

「唔、嗯……呃，抱歉，不自覺就……」

「呃，是的……」

紺色跟黃色的浴衣就這樣加上了紅色的色彩，更加美麗的妖精，就在那邊舞動。

走了一陣子之後，道路的兩旁開始排起攤販。

「啊……這個。」

吸引了菊池同學注意力的，是蘋果糖。（註17）

「要、要買嗎？」

「……嗯。」

然後菊池同學她，一邊漂亮地響起木屐的聲音一邊往那個攤販過去，對老闆搭話。不過我在她買那個之前，就被「蘋果糖這種存在實在太適合菊池同學，要是兩者湊在一起的話我是不是會由於那樣的美麗而停止呼吸？」這樣的想法給占據。

然後她終於。

「……買好了。」

一邊說一邊往我這邊走來的菊池同學，本來就擁有如同妖精的柔和風貌，加上儘管華麗卻也兼具安穩、高雅美貌的浴衣外觀。而且這兩者又添上了紅色的鮮豔圓形果實。

這只有一句話能形容，這已經是完全體了。

註17　原文「りんご飴」，蘋果表面裹一層糖的甜品，類似糖葫蘆。

「……唔、嗯。」我整個被吸引過去的同時說。「那、那我們走吧。」

我只能留心要自己盡可能冷靜下來，而在前頭帶路。

＊　＊　＊

「唔哇——好多人呢。」

「很熱鬧呢！」

我跟菊池同學到了會場所在地的荒川河堤，尋找位置。

差不多在開始放煙火的十分鐘前抵達會場後，可以免費坐下來的地方幾乎都已經坐滿了，得找看起來可以坐下來的地方。寬廣的河岸邊聚滿了人，幾乎是毫無空隙地鋪著塑膠墊。

不過菊池同學好像就連這種狀況都覺得稀奇，開心地眺望著這種情景。果然是從天界下凡的日子還不多，所以對人間的世俗風習覺得新鮮也說不定。

「喔，這邊應該可以！」

「啊！真的呢！」

環顧全景一圈後，發現在團體跟團體之間的地方，有著兩個人的話應該可以坐進去的空隙。我把日南叫我帶來的塑膠墊鋪在那，成功地坐了下來。

「啊……友崎同學，謝謝你……」

「咦，不，不會……」

菊池同學低垂著目光訴說感謝，同時在鋪好的墊子上高雅地坐下。

關於場所的部分據日南的說法是「雖然是有分比較好跟比較差的地方，但大致上不管從哪裡看都很漂亮所以沒關係」。嗯，那傢伙都那麼說了應該就是那樣吧。

「我已經非常久沒有來煙火大會……」

「這樣啊？不過我也是很久沒來……應該吧。或許是，以前家人帶我去之後就沒再看了。」

「我也是呀……我也是像那樣。」

然後對話結束了。

對。今天的我只有一個地方，跟看電影的時候不一樣。

那就是，今天到現在為止，我一次也沒有講出背起來的話題。

說得更進一步，我連為了今天而默背新的話題都沒有做。

所以，沉默的時間跟一起看電影時相比更長了。

不過我想藉由這麼做，去確認**那一句話**的真相。

「啊！開始了喔！」

小小的，通知大會開始的小煙火照亮會場，然後隔了幾秒鐘，聲音大聲地作響。

「開始了呢……」

又有小小的煙火升起來。

注視著夜空的菊池同學的臉，染成了黃色。

根據事前在網路上調查的資訊，戶田橋的煙火大會，跟板橋的煙火大會是同日、同時刻舉辦，好像兩邊的會場都可以看到另一邊的煙火。由於兩場煙火大會各自都有不小的規模，統計煙火的施放數量的話，可以匹敵都內的大型煙火大會了。也就是說雖然彼此距離有些遠，實際上的規模依然相當大。

周遭的氣氛令人心情舒暢，雖然那很難用靜寂來形容，不過以聚集了這麼多人的空間來講，這裡讓我有著十分安靜的感覺。

人們的視線，大多都是朦朧地望著天空。不過，裡面也有注視著智慧型手機畫面的人、看著朋友的臉談笑的人、三不五時低頭吃著應該是從攤販買來的炒麵的人——每個人都有著各自的思緒而停留在這個地方。所謂有許多人聚集的場所，總是有一部分熱鬧，有一部分疏離，有一部分安靜。

已經完全暗下來的天空，綻放著色彩繽紛的花朵。

紅、藍、綠、粉紅，還有顏色豐富的好幾道纖細光芒重合，一進一退，像是在塑造一個龐大的魔法般，充滿幻想的一瞬間。

放射狀擴展開來，一邊留下殘影一邊緩緩落下的純白色軌跡。

彷彿要完全覆蓋視野般，將那種魔法全部包覆起來的閃耀。

一個一個的小小美好，或者大大的強韌。

還有可以把那一切全部融合起來的，纖細的美麗。

不知不覺間，我的眼光一直被吸引著。

菊池同學好像也跟我一樣。

「哇啊……」

「……嗯。」

「非常地漂亮呢……」

微微地張口，忘我地注視著煙火的菊池同學表情，映照出夏日色彩。

「很漂亮呢。」

受到白天的餘韻跟人群體溫加溫的溫熱河岸，微暗之中被魔法般的光芒照亮的菊池同學表情，非常地漂亮、神聖，而且澄澈透明。

亮晶晶的寧靜時間流淌著。我沒有著急地找尋話題，感受著周遭的氛圍，樂在其中。如果有什麼話語從中出現的話，我就會把那番話說出口。

以那樣的方式，我過著名為今天的時間。

「我說啊。」

我有著在意的事情。

菊池同學往上看著我。

「……嗯。」

聽了日南跟水澤的對話而想過的，想要確認的事。那一句話語。

水澤一直到那個時候，都藉由以『玩家』的視線俯瞰這個世界，讓自己維持不會受傷的狀態過著人生。

不過在那時，水澤放棄了那種安全範圍，忠實於自己想做的事情，降臨到了會一邊受傷一邊以真心邁進的『角色』的世界。

因此，我才會想過。

想說我又到底是如何呢？

被日南吩咐，要我去對菊池同學做的行動，會不會並不是現在活在這個世界中，我這個『角色』所選擇的行動？

那難道不是經由計算，要朝著名為『課題』所塑造出來的目標前進，保持距離而以『玩家』的視線所選擇的行動嗎？

而且，就是因為這樣。

我才會——有所預感。

「前一陣子，妳說過有時候我會變得不容易聊，不過今天……怎麼樣？」

說不定，那或許是相反的。

「咦。呃——今、今天……？」

如果是那樣的話，說不定我一直以來都有些搞錯了。

「嗯，就今天。」

我想要確認那一點。

「呃——說起來。」

菊池同學她緩緩地顯露微笑。

「今天，我覺得，一直都很容易聊。」

——煙火，終究迎來了最高潮。

天空大幅度地被照耀，就像是輕輕撫摸黑暗似的，緩緩地一邊留下光芒，一邊綻放大型花朵。

有許許多多那樣的花朵，砰、砰砰、啪啦啪啦啪啦啪啦地被射上來，浮現在視野中的光芒一點一滴地將夜空整個覆蓋。

重合而擴展開來的許多光芒漸漸地增加明亮，到了會把附近一帶都照亮的地步。在白光周圍舞動的橘色閃爍，就像燈飾一般地裝飾著夜空。

我被那樣的光景奪去了目光。

常說人到夏天就會變得積極，正因為有這樣的景致，我覺得或許也是無可奈何的。看見了這樣的光輝，不管怎麼樣都會感覺到一點點浪漫吧？因為就連這個完全沒有戀愛經驗，眼睛一直沒有看著現實的我，都有了一點那樣的感覺。

如同柳枝般垂下，光芒從天空向著水面緩緩地擴散，同時也漸漸溶化。

我一邊看著那最後的魔法，一邊想起日南給予我的課題。

『在煙火大會的最後，對菊池同學告白』。

曾幾何時，日南曾經說過這樣的話。

『你已經有辦法付諸行動了』。

她說，儘管靠我自己思考來行動還是有著弱點，不過對於別人給予的課題付諸行動，我倒是有辦法做得到。

確實，我自己也是那樣想的。去跟女生說話、跟深實實要 LINE，或者約菊池同學去看電影，還有煙火大會。

如果是在遇到日南之前去做的話應該沒辦法順心如意的事情，現在的我，已經變得有辦法做到了。同時我也確實在那種情況上感受到了成長。

而且這個光之魔法或許也有幫助吧。或許是託了這個浪漫感覺的福吧。

想必是至今難度最高的，為了達成這個課題而不可或缺的一句話，我有辦法在此時此刻清楚地說出口——

那種感覺，強烈地存在於心中。

最後的魔法終究在水面上完全溶解，天空慢慢地暗了下來，只有被遠方大樓的光線所照亮的白煙殘留著。

在那種寂寥而寧靜的餘韻中，我抱持著確實的自信，緩緩開口。

「菊池同學——」

而且，就是因為那份自信是確實的，所以我才會以自己的意志，選擇這樣的話語。

「——我們回去吧。」

＊　＊　＊

我跟菊池同學兩人並行，在人潮之中走向車站。

兩旁排列著許多攤販的大型通道。到處都有亮著紅光的燈籠。一邊以笑容回應客人，一邊把雞蛋糕從模具中一個個挑起來的中年男性。直接咬下大大的御好燒，嘴角被醬汁沾到的小男孩。兩個人都沒有說話，只有手確實地牽在一起，穿著浴衣的年輕情侶。或許是下班回家吧，穿著西裝看起來不太高興地走向人群的反方向，像是上班族的年輕女性。

我直率地感受著那一陣陣的當下氛圍，以及菊池同學的各種表情跟舉動，體會因為看著那些事物而觸動的感情以及想到的話語和影像，思考著。

我剛才，是明確地以自己的意志違背了日南的課題。

畢竟，我並不是沒有辦法告白，而是沒有告白。

＊　＊　＊

跟菊池同學分別後，我在最靠近我家的北與野站下了電車。然後開了日南的 LINE 對話視窗，輸入訊息。

『事情都結束了
可以通電話嗎？』

簡潔地只傳送那樣的句子後，日南也像是察覺了什麼吧。

『如果有很大的變化的話，要不要見面講？
北與野的話我馬上就能過去喔』

回了這樣的訊息。

看來日南也去了煙火大會的樣子，現在正乘著從戶田公園站前往大宮站的埼京線，途中下車的話馬上就可以召開會議。

我也順著她的提案，因為還沒從驗票口出去，就決定在月台裡會合，等待日南。

某一班電車停了下來。

我仍然坐在月台的椅子上，朦朧地把視線朝向從車門裡出來的乘客後，沒有前往通往驗票口的階梯的方向，而往我這邊走來的人影映入眼簾。

那是日南。

「……唷。」

「所以，發生了什麼事？」

日南的表情儘管多少比平常還要認真，不過毫無顧慮切入主題的開門見山作風，跟平常的她一樣。

我從椅子上起身，一邊微微搔頭，一邊把視線投向自動販賣機。

「啊啊，稍微等我一下。我口渴了。日南也要喝嗎？」

「……不用。」

「……這樣啊。」

我就那樣往自動販賣機走過去。

只買了一罐冷可可，我坐到日南身邊的椅子，把易開罐打開。

喝了一口之後，黏糊糊的甜膩感在嘴裡擴散。

「所以，告白的結果呢？」

「那個啊……」我一邊筆直地面向前方一邊說。「我沒有告白。」

日南傻眼般地嘆氣。

「我說啊，那確實是以至今做過的事來講難度很高的……」

「並不是沒有辦法告白啊。」

我就像是要打斷日南所說的話一樣。

日南靜靜地轉向我，注視著我的側臉。

「……什麼？」

我又一次喝下可可而讓它流進喉嚨之後——

跟日南對上目光，開了口。

「並不是沒有辦法做到，而是沒有做。」

然後就那樣持續對視她的目光。

日南那黑漆漆的眼瞳靜靜地，就像是把我的話語、話語中的意圖、話語背後的思慮全部都放在天秤上一樣，緊緊地注視著我。

不知道是在等著我的下一句藉口，還是日南她自己也不知道該說什麼才好。總之日南有很長的一段時間，儘管還是一直對著我的目光，但她什麼都沒有說只是等著。最後她終究開了口。

「為什麼？」

就像人偶般面無表情，以沒有感情的平坦聲調拋來的簡單話語。

不過在我耳裡，那番話就像是砍往牽繫我與日南的關係那條線上的刀子，傳來了銳利無比的聲響。

我慎重地，沒有說謊而老實地選擇話語。

「……我啊，今天是沒有背話題就去了喔。而且以前背起來的話題也一個都沒講。只有說自己在想的事情而已。」

「……嗯──然後呢？」

日南以冷淡的語調回應。

「然後啊，對話就像是理所當然似地結結巴巴，話題跟話題之間也有很多空隙……並沒有很順利啊。」

「……我想也是。」

日南維持著彷彿凍結般的表情，做出附和。

「可是啊……我最後有問她看看喔。妳想想，看電影的時候，我有跟妳報告過我被她說過『友崎同學有時候會變得不容易聊』吧。所以我今天也問她看看了喔。問她『今天的我會不容易聊嗎』。」

日南已經不再回話了，只是緊緊注視我的眼睛，聽我說話。

「──她對我說，『今天，一直都很容易聊』。」

我雖然在等她回應，不過知道日南什麼都不會說之後，又開了口。

「也就是說……之前被她那麼講的時候，我以為是我的技能不足所以『有時候不容易聊』，不過並不是那樣啊。」

我看到日南的眉毛顫動了一下的同時，繼續把話說下去。

「──根本就是『因為使用了技能』才會不容易聊，是這樣才對吧？」

對。菊池同學所說的**那一句話**，『有時候會突然變得很容易聊，有時候會突然變得不容易聊』。

我一直以為那是『把背起來的話題順利地講出來的時候』就容易聊，『講得結結巴巴的，或者在講自己所想的事情的時候』就不容易聊的意思。說起來，用一般角度去思考的話，我認為有那種結論是理所當然的。

所以，我就去記了更多的話題，把話題的質素提高，也偷學擴展話題的方式。

我之前認為沒有做那種特訓就不行。

不過──其實是相反的。

『把背起來的話題順利地講出來的時候』不容易聊。

『講得結結巴巴的，或者在講自己所想的事情的時候』才會容易聊啊。

我想起水澤跟日南的對話。

「……這個啊。意思是，她以感覺看穿了吧？看穿我所做出來的『面具』。」

我現在打算要說非常重要的事情。不過，是為什麼呢？

日南以清醒至極的眼光看著我。

「對，沒錯。」

她的聲音，彷彿是要拒絕我的全心全意，平坦而好像覺得很無聊的聲音。

「……日南？」

「這樣的話就可以靠那點來擬定對策了吧？面對菊池同學時，與其把話題背起來還不如講真心話來當成攻略法……」

「欸。」

我打斷日南的話。

「可以不要再用那種想法了嗎？」

我為了打算把自己所想的、自己率真的心情傳達給日南而著急掙扎著。

「……那是什麼意思？」

日南像是在試探我，又像是看穿了我，注視著我的眼瞳深處。

我盯著她正面承受她的視線，繼續編織話語。

「那種做法……從『對策』或者『攻略法』之類的東西開始，是想怎樣啊？首先得要知道自己『真正想做的事情』是什麼——也就是，自己是不是真的喜歡菊池同學，不是應該從那邊開始思考才對嗎？」

我像是要一口氣跳進與日南之間的間隔般，傳達那番話。

日南沒有表情地沉默了一陣子，然而，她終究換用了張冷淡的表情。

「你是被水澤傳染了還怎樣？」

銳利地這麼說了。

我對於她那番話驚訝到不行。

畢竟，我放入真心，做好心理準備而傳達的話語、想法。

並沒有傳遞到日南那邊，實在令人難過，到了殘酷的程度。

「……要說那樣，也是沒錯。」

的確，水澤是讓我這麼做的契機。不過，我想說的並不是那種事。

「……這樣啊。」

日南保持著冷淡的表情，小聲地說道。而且在那之後，她就閉上了嘴。

「妳啊，就沒有什麼想說的嗎？」

日南把她冷淡的視線從我身上移開。

「沒有。畢竟像那樣受到『真正想做的事情』這種根本就不存在的東西迷惑而沒有辦法向前進，這是弱小的人的典型行動，我完全不會驚訝。」

彷彿覺得無趣而平淡地，整齊地陳列出話語。

「……那是什麼意思？」

我正面詢問她之後，日南就像是累了般，嘆了一口氣。

「人類所說的『真正想做的事情』，只是當下的自己偶然地，暫時性地，誤以為那樣是最好狀態的幻想而已。所以我只是說被那種暫時性的誤解束縛，把眼光從真的具有生產性的行動上移開沒有意義而已。」

然後她試探我似地看過來。

我稍微思考了一下——不禁覺得日南所說的話才有道理。

這傢伙一直都是排除感情到了可怕的程度，說著正確的事情。

不過，那背後的真相，真的是那樣嗎？

『真正想做的事情』，全部都是『暫時性的誤認』嗎？

自己為了『真正想做的事情』而捨棄效率，以想做的事情為優先而前進的生活方式，真的是沒有生產性、沒有意義的嗎——

我思考過後，沒有辦法理出可以反駁日南的那種合理的道理。

不過，靠直覺。靠感覺。以名為 nanashi 的玩家的本能。

我在想，會不會『真正想做的事情』，才重要呢？

「說什麼沒有意義，才不是這樣。」

「……你是什麼意思？」

我知道就算我現在這麼說，對日南也沒有效用。

因為那當中並沒有道理。

所以，那真的是沒有意義的話語。

「……就算那樣，我也想以『真正想做的事情』為優先。」

但我依然像個笨蛋一樣，如此堅持著。

確實，人所說的『真正想做的事情』非常容易就會改變。

就算那個時候認為是真正想做的事，認為應該要做那件事，過一段時間後就會非常容易地改變想法，採取跟之前矛盾的行動。

那種事情一點也不稀奇，反而甚至可以說那樣子才是一般常態。

這樣的話，日南所謂『真正想做的事情』是『暫時性的誤解』，這樣子的思考方式的確才說得通。所以不被那種東西所迷惑，只是專注於持續採取有生產性的、為了提高成長效率的行動才『正確』。

那是到了讓人傻眼地步的正確論述。

也就是說，用言語反駁那種論述，對這傢伙也一定沒辦法奏效。

不過就算那樣。

我還是遵循身為 nanashi 的直覺。

畢竟我一直都是以直覺改變遊戲規則的男人啊。

「應該以那個為優先……我是這麼認為的。」

「……這樣啊。那又怎樣？你想怎麼做？」

日南目光的冰冷，以為了合理進展話題的語調對我提問。

對於那種態度，我非常地悲傷。

那句『想怎麼做』，並不是為了問出我內心真正想法的話語。

只是單純地，為了探詢『怎麼做才可以讓話題進展下去』的疑問詞而已。

「你是不知道喜不喜歡菊池同學所以不想告白吧？如果目標是對某個你能接受的人就可以了嗎？這樣的話那個人是誰？」

日南滔滔不絕地完全是以理論質問我。

簡直就像，要是我心中有情緒性的、不合理的障礙存在的話，就要找尋能夠巧妙地『成功』避開那些障礙的方法，這種完全合理的提案。

那並不是我想聽到的。

「並不是……那種問題啊。」

我感受到壓倒性的價值觀差距。

不過我再一次跟日南的眼光對上。

「那麼是怎樣的問題？」

「那是……」

而且，我沒辦法理解那含有多麼重大的意義。

關於這一個點，我大概跟這傢伙沒有辦法互相理解，我內心某處有著這樣的預感。

不過同時，我還是覺得只能傳達那句話給她。

「要跟誰增進感情，或者要對誰告白之類的……那種跟人之間的『牽繫』。以『課題』或者『目標』去判斷，本來就很奇怪了不是嗎？」

幾乎沒有人的月台，小聲地響徹車站廣播。

日南的表情完全沒有變化，缺乏感情的眼瞳從我身上別開，只說了句「我知道了」。

「什麼啊，『妳知道了』是什麼意思？」

然而日南的視線還是朝向前方，一個字都沒有說。

就那樣暫時流淌著沉默的時間。

後來終於在開往大宮的電車要進站的廣播發出來的時候，日南靜靜地開了口。

「為了目標而努力曾經是我跟你的做法。明明是這樣卻還要像那樣子放棄『人生』的目標的話，那就已經跟放棄成長是一樣的。」

彷彿要把界線劃分清楚的話語。

「不，那是……」

我打算要對她的話反駁，可是什麼都想不出來。

「……那是，什麼？」

日南緊緊盯著我說道。那是不太像日南的行動——看起來，彷彿在催促著我，要我找出用來回答她的話語一樣。

然而，就算那樣我也找不到能說的話，彼此流動著長時間的沉默。

「……你也，不是呢。」

「咦？」

日南只有一瞬間咬緊嘴脣，眼裡看起來漾著悲傷歪曲的光芒。不過那種色彩，在下一瞬間就像從不曾存在過一般，彷彿鞏固了別的決心似地消失於眼瞳深處。

日南從包包中拿出煙火圖樣的大型胸章，放到我的膝蓋上。

「這個還你。所以我給你的那個背包也還我。現在裡面應該還放著東西，下次再還也沒關係。你已經不需要了吧？」

已經不需要了。

我理解了那番話所指的意思，所以才不知道該說什麼。

不過，我覺得這時要是什麼都沒講，就真的會結束。

「……可是，我。」

「放棄拿起搖桿的話，在那一刻就玩完了。這是當然的吧？」

日南一邊打斷我的話，一邊站起來。

那個日南的眼睛，朝著的方向已經不是我這邊了。

日南無論何時都只說著正確的事情，所以就算是現在，一定也是正確的。

那種事情就算是我也知道，儘管如此我還是覺得一定得講出不同的意見才行，才傳達自己的想法。

如此認真地互相面對的話，就能想辦法把那個決定性的歧見、那個代溝，填補起來也說不定。而且是一定要填起來才行——不，我想要把那種代溝填補起來再好好地前進，我有這樣的想法。

可是，我並沒有可以跟日南對抗的，別的正確事物的話語。並沒有那樣的答案。

所以那個歧見，那個代溝，我無法填補，我只能像這樣沉默，低著頭，什麼都不做，而看著那種歧見跟代溝成為了決定性的事實。

然後，我思考著。

那一定是因為——我是弱角的關係吧。

要是我能夠更加靈巧地傳達自己的想法，就不會變成這種情況才對。

要是我能讓自己的想法加上理論，就算要說服她也做得到才對。

我第一次，對於自己身為一個弱角，真的，覺得很討厭。

因為我是弱角。

所以會像這樣與人錯開，會十分輕易地喪失已經得到一次的關係。

我，為什麼是弱角呢？

為什麼會這麼地弱小呢？

我對於自己在『人生』這一款遊戲中是這麼無力的『弱角』強烈地感到懊悔，覺得很丟臉。

不過我曉得，那全部都是至今沒有去面對人生的自己所造成的。

所以我就連看著背向我而乘進電車的日南背影都沒辦法，只能保持沉默，低著頭，單單地握緊拳頭，就這樣而已。

「──那麼，學校見。」

在離暑假結束還有很長時間的八月上旬，日南所說的話，比表面上聽起來還要沉重且複雜，深深地纏住了我。

5 高難度迷宮的門的鑰匙有時就在身邊的角色手上

我一直在玩著 AttaFami。

大白天就在窗簾拉緊的黑暗房間裡開了冷氣，除了吃飯、洗澡還有上廁所的時候都專注地玩著 AttaFami。煙火大會結束，跟日南在車站月台互相聊過後過了一週，還是過了兩週了呢？總之我只專注在 AttaFami 上頭，到了失去時間跟日期感覺的程度。雖然本來就因為最近很忙，能玩的時間減少，不過我還是覺得很久沒有持續玩到這種地步了。

「砰——」

結果，日南在那之後都沒有聯絡。

既沒有要給我新的課題，也沒有要確認我每天的鍛鍊。

應該是連那麼做的心情都沒有了，這樣的意思吧？

這樣的話，我除了 AttaFami 以外也沒有事情可以做。

「乓——」

跟全日本所有能打的人對戰，一點一滴地提高勝率。

這樣下去的話，只要思考 AttaFami 的事就可以了。

現在的我感覺並不在現實裡，而是存在於 AttaFami 的世界。

「砰砰——」

這不算什麼。至今我利用暑假的方式，一直都是這樣子的。

在黑暗中，注視著小小的映像管電視的光芒，專注地重複著對戰。

回神過來就發覺我的背脊駝著，嘴角無力，呆滯地張了開來。

「咻砰——」

投入電視裡頭的角色，集中在上頭，樂在其中。

儘管我玩 AttaFami 的時候無庸置疑地是在電視前方操作著的『玩家』才對，不過就算那樣我也想盡可能地接近『角色』，全心全意地深入。

「砰——」

如同停滯一般而快速流動的時間，深深地滲進我的身心。

為了讓沉重且複雜地纏住我的話語鎖鏈多少感覺輕一些，我就在有著黏度的溫熱液體中蜷曲身子，只是把眼睛閉上而漂浮著。不過那條鎖鏈實在太重，慢慢地拖著我朝向液體底部沉沒。

那種既自在又噁心的感覺，讓我沉迷其中。

在那之後不知道過了幾個小時呢？

今天又在不知不覺間太陽西沉，從窗簾照進來的光線消失不見。

房間的門突然被打開。

「欸，我有敲過門囉，哥哥……呃，又在玩……」

轉頭後發覺妹妹從連接著我房間的起居室中，像是看到髒東西般地看著我。

「……咦，什麼……吃飯了？」

「嗯，晚飯。」

「……好。」

「快點喔。」妹妹說完而調頭，不過她後來又轉回我這邊。「……說起來啊。」

妹妹像是不太高興。

「咦……？」

然後，她瞪著我。

「為什麼又變得噁心了呢？」

「……啊？」

「我・是・說！」

她跺著腳而強烈表現不滿的同時說。

「為什麼變回了不久前的哥哥的臉了啦！」

我覺得我知道她那番話的意思。不過我只能曖昧地點頭。

「還好……吧。」

「啊——啊！真是的！都難得變得比較正常了說！」

她邊說邊粗暴地用力關門。

「啊……」

我發出了丟臉的聲音。儘管不知道她是怎樣而疑惑，我還是沒什麼力地站起身，為了前往起居室而把門打開。然後就看見妹妹面對著我的房間，依然很有氣勢地矗立在那邊。

「……帶帥氣的學長姊『朋友』們來的時候，我也覺得這樣才不是哥哥咧，不過。」

「咦？」

她一邊強烈地瞪著我一邊說。

「擺出那種無聊的表情玩遊戲之類的，那樣才是最不像哥哥的。」

妹妹只說了那番話，就快步坐到餐桌的椅子上，像是在瞪眼般地看起電視。

我覺得那番話有一點點把我腦中的陰霾掃去。這樣啊。我剛才是以那種臉玩著AttaFami嗎？那樣子並不好啊。

不過就算那樣，我還是有著彷彿不知道眼睛該往哪擺才好，不知道現在身在何處，那一類的曖昧感覺。

仔細一看，父親並沒有回家，母親在廚房裡做著晚飯後的整理的樣子。我腳步不穩地坐到位子上。

然後妹妹就像是想起事情般地，又一次用力地瞪著我。

「……還有！」

她把我幾天前就一直放在起居室的智慧型手機塞到我的胸口。

「咦……？」

「會無視女孩子傳來的 LINE 之類的，該說那不像哥哥會做的事嗎，明明是哥哥卻還這麼囂張！」

「咦？」

我對於那番話感到驚訝。女孩子傳來的 LINE？這幾天有人傳訊息來嗎？不過，會是誰傳的……應該，不是日南吧。

受到催促而把目光朝向手機畫面，發覺那裡顯示著兩天前的 LINE 通知。

『《溫柔的狗兒靠自己站起來》發售的二十一日，我想要到大宮的書店去買，要不要一起去呢？』

那是菊池同學傳來的邀約訊息。

然後我恍然大悟，受到猛烈的後悔以及罪惡感所襲擊。

這個通知，是兩天前的。

——我到底在做什麼啊？

要是菊池同學擁有的感覺跟我十分相近的話，像這樣對同年級的異性傳送這種LINE訊息，並不是簡單到那種地步的事才對。就算她傳送的對象是身為校內第一弱角的我，我覺得一定還是一樣。

可是，我卻像這樣把那個訊息放置了兩天。

明明一開始是當成『課題』、『目標』而一直主動聯繫她，這次對方反過來要跟我聯繫的時候我卻擅自阻擋起來，還放置了兩天。

這樣是搞什麼鬼。

囂張地去對日南說藉由『課題』或『目標』這種理由跟人有所牽連本來就很奇怪，還說了要是沒有更加誠實地面對『真正想做的事情』應該就不對，明明我為了傳達這種的想法而反抗，這樣的自己卻已經做出了這種行為。

這種情形，不管怎麼說都太自私了吧。

我又一次，對於自己的弱角行徑覺得很討厭。

為了貫徹我的想法，甚至明確地對日南的做法掀起反旗，到頭來就只是這種東西嗎？

我又一次注視起那個LINE的畫面。

應該不是才對。

所以我至少，就算從現在開始，也要誠實地照自己的想法來行動才可以啊。

我在覆上一層陰霾的腦袋裡思考，而開始輸入要回給菊池同學的訊息。

現在的我所想的『真正想做的事情』是什麼呢。

至少，要以那個為基準，直率而老實地付諸行動才可以。

我多少還是維持著微暗的心緒，想辦法掙扎而把那種心思揮開，打起了訊息。

『抱歉！我有一陣子沒辦法看手機！

二十一日，一起去買吧！』

把力氣都擠出來，只打進這些字。

就這樣不見她一面而逃避的行為，我真的不想去做。

雖然契機是『課題』還有『目標』，但就算如此，菊池同學還是想跟這樣的我有所聯繫，那麼我覺得把那種事當成沒有發生過就是不對的。

我不想再一次經歷那種跟曾經有過關聯的人拉開距離，那樣的思緒。

儘管那是類似撒嬌的消極思考，不過更重要的是我覺得就是這種時候，才應該貫徹始終。

而且我覺得，那才是變成現在這種情況之後的，我『真正想做的事情』。

我傳送那段訊息，把手機的畫面關掉。

吸了一口氣，把目光投向身邊後，發覺妹妹像是在觀察情況般地盯著我。

「……怎麼了？」

然後妹妹就擺出嬉鬧的表情，刻意地聳了聳肩。

「嗯，我覺得應該發生了不少事啦……不過你就好好加油吧。」

儘管妹妹是以加了演技，令人厭惡的口氣說話。

「……喔……謝謝。」

不過只有現在，我想要感謝她。

＊　＊　＊

然後是二十一日。我抵達了大宮站。

我接下來跟菊池同學見面是想要說些什麼呢？我不曉得。

自己對日南說的話，還有今後跟日南之間的關係會變得怎樣呢？

我甚至去反抗日南而傳達的對於『真正想做的事情』的想法，真的是正確的嗎？還是說那就像日南所說的一樣，是名為『暫時性的誤解』的幻想呢？

在大宮站的驗票口內行走著的同時，那種念頭在腦袋裡轉來轉去。

雖然之前的心情到了不想出門去任何地方的程度，不過就算那樣我還是選擇來到這裡。

我抵達約好會合的地點，環顧周圍。然後，眼光馬上就投向一個地方。

在視線的前方，明明四周氣氛高雅，依然在人群之中特別顯眼的菊池同學站在那裡。

我靠近到離她比較近的地方。

「……午安。」

「……午安。」

莫名有著距離的寒暄，多少讓我覺得自在。之前感覺彷彿被放進十分寬敞而冰冷的箱子中的我的內心，注入了那份溫暖的空氣。

「呃——那麼，我、我們走吧。」

我直率地，沒有使出技能，感覺到話語跟態度變得沒有那麼俐落的同時，拚命地說道。

我有著許多不瞭解的事情，思緒也沒有一絲是統整清楚的。不過。

首先，就好好地面對眼前的事物吧。

「……好的！」

我們前往大宮站的西口。

目的地是在西口 SOGO 裡面的大型書店。

現在的我就跟煙火大會的時候一樣，沒有在思考要是拋出這個背起來的話題就不會讓場子冷卻，或者今天要在這種地方賺取經驗值那一類的事情。

那樣就是現在的我能做到的，盡我全力的誠懇，我『真正想要做的事情』。

而且，服裝也是，沒有穿日南幫我選的衣物。

畢竟我覺得那多少也像是『面具』一樣。

「真令人期待呢……！」

菊池同學的眼光閃閃發亮，談起關於安迪的未公開作品。至於我的服裝很遜，她似乎一點也不在意的樣子。

「是啊。不知道是怎樣的作品……」

「光看標題的話，完全不知道是怎樣的內容呢。」

「嗯……不過，跟目前的作品標題相比，感覺不太一樣。」

「啊！我也那麼覺得……」

「……對吧。」

「……是的。」

對話就像這樣中斷了。保持沒有交談的情形走了一陣子。

什麼都沒有塑造，沒有顧慮他人的看法，像是把純粹的自己顯露出來一樣的時間流動著。

如果不是我會錯意的話，菊池同學也沒有顯露覺得我那樣子很尷尬的模樣。

橫貫車站之中，從西口出去外面之後，菊池同學就套起了黑色的開襟外套。

「啊……在外面走的時候果然會穿啊？」

「是的……」

菊池同學臉有點紅起來的同時點頭。

「不會熱嗎？」

「雖然有一點熱……不過晒到的話會刺刺的，那樣子會更熱。」

「啊哈哈……那還真辛苦呢。」

然後，對話結束了。

就像這樣，雖然有讓話語中斷不過我還是有說起自己的事情，要是有什麼在意的事就會問問看菊池同學，儘管笨拙，還是有在對話。

相處起來的感覺，並不會討厭。

那是只以自己的真心話跟人有所牽繫的感覺，想了一想，我覺得我到不久之前都一直都是這樣子的。

「……嗯，最近我一直都在家裡玩 AttaFami 啊。」

菊池同學輕聲地笑了。

「不過我也是，一直都在家裡看書……」

「啊哈哈。室內派啊。」

「友、友崎同學也是啊！」

菊池同學像是很著急地這麼說。然後又輕聲地笑了出來，我也被她傳染而不禁笑了起來。

那種沒什麼大不了的對話，斷斷續續地持續著。

無論是對話會中斷、服裝很遜，還是一直悶在家裡玩著 AttaFami。

菊池同學全部都接納，對我說出真心話。

而且對於那種只會說真心話的我，菊池同學說很容易聊。

光是這個事實，就讓我之前已經冷卻的心臟，有了像是受到加溫的感覺。

走了一陣子之後，到達了SOGO。

「啊，真涼快。」

一邊說一邊走進電梯，上到書店的樓層。

「我很喜歡書店的氣味。」

菊池同學一走出電梯就溫和地綻放表情，以耳語般的聲音這麼說。她的腳步比起平時還要稍微輕快一些，看在我眼中，簡直就像是森林的妖精一邊期待一邊在樹枝與樹枝之間輕盈地飛來飛去般。

「哦……這樣啊。」

喜歡書店的氣味，這樣的想法我幾乎沒有，不過該怎麼說，我覺得那非常有菊池同學的風格。或許就是有定期受到書本包圍恢復MP，所以才會無論身處何處、穿著什麼都很高雅，而有著不同於他人的出眾魔力吧。

我跟著在書櫃對導覽看板東張西望後，很開心似地邊看著遠處邊行走的菊池同學後方。菊池同學主動快速走遠的情形我覺得有點罕見。果然她真的很喜歡書本吧。

「啊……這個。」

菊池同學發出聲音，進入了側邊書櫃的通道。

「嗯？」

菊池同學把臉靠進書櫃看著的，是以青少年取向為主題的戀愛小說。

「這本，非常地棒。」

她注視著拿出來的書封面，以陶醉的表情這麼說道。我對於她那樣的行為有點意外。

「欸……妳也會看這種的啊？」

「啊……呃。是的……我會看……」

菊池同學這麼說而紅起臉來，不禁當場僵住。

「啊，抱、抱歉……該說我有一點意外嗎……」

「我、我也會，」菊池同學眼光一直低垂。「對這種的……有所憧憬。」

她就那樣維持著臉頰泛起紅潮的模樣，閉緊嘴唇，潤溼眼瞳而沉默著。

「……呃呃，那、那邊？」

「啊……說、說得也是呢。」

她靜不下來而著急地把書放回書櫃，這次是在我身後隔了一個腳步的距離走了起來。不過她後來還是。

「啊！」

快步地走進側邊的通道，又注視起書櫃。

「這一本，我讀了好多次……」

「這樣子啊？」

然後她再一次。

「啊……這本，我讀得非常開心。」

像這樣，持續了好幾次那種行為。我每次都覺得會心一笑，不過同時也直率地正面接納菊池同學所訴說得對於書本的想法。雖然我至今一直都把菊池同學想成是妖精或者天使之類的，不過像這樣子跟她交流了許多次之後讓我發覺到一件事，那就是她是比任何人都還要老實，只面對著自己『真正想做的事情』而活下去的，始終直率的女孩子啊。

然後在幾分鐘之後。到達了有擺著《溫柔的狗兒靠自己站起來》的書櫃。

「啊，是這個。」

「哇啊……」

菊池同學從我身後跑到前方，眼光閃閃發亮地把那本書拿起來後，開始以看起來甚至像是有點驚訝的感動表情注視著封面、書背、封底等處。後來終於緊緊盯著確認完只把封面翻開的部分，以及只把封底翻開的部分後，她就像是很珍惜地用兩手把那本書捧在胸前，一直低著頭。

「……好像做夢一樣。」

小小聲地細語。

那個蘊含感情的音色、表情還有舉止深深地打動了我的心。然後過了一陣子——我逐漸地理解，現在，我的內心受到打動，是由於菊池同學過於自然地，只注視著她自己『真正想做的事情』，甚至可以說她是沉靜而強力地貫徹著只有那麼做才有辦法活下去的意志。

那是完完全全名副其實的，做為『角色』的生活方式。

「……嗯。」

我微微地點頭之後，就跟菊池同學一起各自拿著一本書到收銀台，把那本書買了下來。

＊　＊　＊

「這間店，我打工結束之後常常過來。」

我跟菊池同學買好書之後，就來到開在離東口有一點距離的一間咖啡廳。

不知道是因為這裡是她可以靜下來的空間，還是由於買到書的滿足感，菊池同學比起平時還要沉靜，以十分自然的表情，輕柔地坐在椅子上。

「喔喔，菜單上的餐點看起來都很好吃。」

「就是這樣！」菊池同學很高興地發出有點大聲的聲音。「……非常不錯。」

刊在菜單上的照片每一張都非常漂亮，例如番茄的紅色、甜椒的黃色，還有香芹跟蘆筍的綠色，既色彩繽紛又刺激著食欲，有著美麗而不可思議的外觀。該怎麼說，跟菊池同學真搭。

猶豫了一陣子之後，我跟菊池同學兩人都選了蛋包飯。

「哎呀……買到了呢。」

「……是呀。」

菊池同學買好後一次也沒有把書放進包包，而是手持塑膠袋走路，現在也是把塑膠袋折疊起來，放在桌上。她應該是十分珍惜才會這麼做吧。

然後對話忽然又中斷了。餐點也還沒有要送過來的感覺。

「我上一下廁所。」

我表達尿意而從位子上起身。儘管尿意的傳達在被現充包圍的時候就連講出來都挺難的，不過在菊池同學面前就有辦法這麼乾脆地自然說出口。

那種情形在我心中也是非常印象深刻，我想這果然是能夠以原原本本的自己跟她相處的意思吧？我有這樣的實際感受。

然後我到了廁所，在朦朧的滿足感之中完事後，洗了手。

——這個時候。

鏡子映照出的自己模樣，映入眼簾。

由於我今天是打算保持自然，而以原本的自己赴約，所以衣服沒有特別思考過就穿了，頭髮也沒有特別使用髮蠟之類的。所以我也幾乎沒有照鏡子，維持純粹的、原原本本的自己到外頭去。畢竟我覺得打扮也像是某種『技能』，也感覺那麼做的話就像是在偽裝自己一般。

而那麼做的結果，導致在鏡子裡映照出來的外貌。

是讓人覺得不舒服的遊戲宅。

駝著背脊，嘴角無力地下垂，身上穿著沒有整潔感、一定沒有辦法用時髦形容的衣服，而且以有點空虛的目光注視著自己的我的姿態——

讓我對於自己產生了嫌惡感。

不知道是不是之前已經看慣了有用髮蠟，變得還挺乾淨的自己的關係。那個壓得扁扁的而且頭髮很多地方都很亂的頭，看起來只覺得不衛生而且沒有好好梳理。

不知道是不是被日南講過所以會好好觀察服裝的關係呢？

不久前都還像是理所當然般地穿著的這件衣服，皺褶跟鬆垮垮的尺寸看起來也都很突兀，到了自己都會驚訝的程度。

不知道是不是有過不管在哪一個瞬間，都會挺起背脊而讓嘴角上揚起來的習慣呢？

那個自己的表情和姿勢。沒有力氣，多少有點空虛而幼稚，說得極端一點的話就是讓人感覺很不舒服。

自己都已經不瞭解自己了。

我到底是想要變成什麼樣子呢？

在車站月台分別之際，日南對我所說的話在腦袋裡頭重演。

『放棄人生的目標的話，那就已經跟放棄成長是一樣的。』

我認為像日南說的那樣，藉由『以玩家視角設定的目標』行動，由於那樣而獲得成長的話，跟自己『真正想做的事情』就不一樣了。

我認為一定要遵循自己『真正想做的事情』成長才行。

所以，像是把衣服穿得好看、塑造表情、對頭髮做造型。那種『藉由玩家視角設定的目標獲得的成長』，我認為是沒有意義的。

對於那種成長，我開始覺得只是自己戴上了好看的『面具』而已，所以我今天就像這樣，穿著以前就在穿的很遜的衣服過來，也沒有抹髮蠟，對於背脊跟嘴角甚至就連力氣都放掉了。

我認為那就是誠實面對『自己想做的事』而活下去的行為。

然而我現在，看到那種沒有裝扮，原原本本的自己模樣的時候。

並不是以保持距離的玩家視角，認為這樣子評價很差。

而是以身為活在這個現實之中的友崎文也這個『角色』，覺得討厭。

然後我想起了跟水澤、泉、日南去買給中村的禮物的時候的事。

忽然在電扶梯看到鏡子照出來的自己的時候。

那看起來像是『現充』的時候。

我打從心底情緒高揚，高興了起來，覺得今後也要努力下去。

並不只有那樣。跟水澤、深實實還有日南，在我家召開會議的時候也是。

那時我有辦法好好地聊起天來，感受到了強烈的成就感。

也就是我以『玩家視角所設定的目標』行動，得到成長的時候。

是以活在這個世界上的『角色視角』，打從心底覺得高興。

對於自己有所成長，以活在這個世界的角色的身分，而有辦法感到喜悅。

『藉由玩家視角所設定的目標而得到的成長』是沒有意義的，明明我是這麼認為的。

那我到底是想做什麼呢？

儘管覺得沒有忠於『真正想做的事情』而活下去的話就沒有意義。

卻以『玩家視角所設定的目標』而行動，靠那樣成長，藉由那麼做而感受到意義的我，到底是怎樣呢？

就算不是依照『真正想做的事情』而行動，也沒有關係嗎？

我不曉得。

既有直覺地想要以『真正想做的事情』為優先的我，同時也有著對於朝向『以玩家視角所設定的目標』努力而得到成長，從中感受到意義的我。

我懷抱著那種奇怪的矛盾，並且仍然不曉得那個問題的答案，離開了廁所。

＊　＊　＊

「啊，蛋包飯來了啊？」

「來了喔！」

菊池同學這麼說，不過她的蛋包飯一口也沒有減少。或許她是在等著我回來吧。明明直接吃也沒關係，不過不知為何這讓我不禁高興起來。

我坐到位子上，跟菊池同學一起開始吃起蛋包飯，同時煩惱著。

然後，我終究看了眼前的菊池同學。

這樣子，是不是在撒嬌呢？我現在，要找菊池同學諮商自己的煩惱。

只面對著『真正想做的事情』而直率地活著，馬上就看穿我小小的面具——我想要對就算那樣還是接受了原本的我的菊池同學，說說看。

「……那個。」

「……嗯？」

菊池同學跟我差不多，慢慢地隔了一小段時間回應。我果然不禁對於那種自在的感受還有容易聊的感覺撒起嬌來。

「就是啊……看電影的時候，妳有說過『有時候容易聊有時候不容易聊』，這樣的話吧。」

「咦，唔、嗯……」

菊池同學不知道是不是因為我又提起了那個話題，而些微顯露出驚訝，同時點了頭。

「我想那大概……是有理由的。」

儘管我有一點點猶豫，還是開了口。

那就像是招認自己曾經一直戴著『面具』般的行為。

「其實我最近……有從某個人那邊學到各式各樣的做法，做了聊天的練習之類的……該怎麼說，像是會用數位錄音機把自己的聲音錄下來，檢查有沒有發出預期的聲音，或者是模仿班上很會聊天的……水澤的聊天方式之類的，做了不少事情。」

儘管我只隱瞞日南這個名字，其他還是老實地坦白。

「某個人……」

菊池同學多少有點被那個詞吸引注意力的同時，還是顯露認真的眼瞳，聽著我說的話。

「然後啊，其中一部分……妳想想，所謂的對話，要是沒有話題就沒辦法開始了吧。所以就有在做用單字卡之類的，依照要對話的對象……把話題記起來之類的事。」

我覺得說出來的話應該就會被討厭，很害怕變成那樣，所以句尾變得多少沒有自信，不過就算那樣，還是有辦法繼續說明。

「跟菊池同學去看電影之前也是……做了滿多那樣的行為，而把『關於日南的服裝』，或者『跟深實實之間的事情的來龍去脈』之類的事情背起來，實際上也講出了那些話題。」

「……是。」

菊池同學真的是顯露出了有點驚訝的表情，不過就算那樣還是認真地，確實地緊緊注視著我的眼睛，聽著我說話。

「不過，在煙火大會的時候還有今天，是沒有講出背起來的話題，也沒有努力地擴展話題而度過喔。那麼做之後菊池同學就對我說那種時候比較容易聊。」

「……原來是那麼一回事呢。」

菊池同學像是同意了般，溫柔地微笑。

「所以我，對於像那樣用耍小聰明的技術來對話，多少有著不協調的感受……想說菊池同學會覺得我不容易聊，會不會是感受到了那種不協調呢。我想說是不是我的面具、我的不誠懇，被看穿了才會那樣呢。」

我像是在摸索著，將落在我自己心中的感覺給撿起來般地化為言語。

「不過我……比如說跟水澤、日南還有深實實一起聊天，依靠那種背起來的話題之類的『面具』或者『技能』而讓自己有辦法順利聊天的時候，也會有類似成就感般的感受啊。那並不是騙人的，而是真正的成就感喔。」

「是這樣啊……」

菊池同學微微地點了好幾次頭，一直聽著我所說的話。

「所以我，是照那樣努力磨練技能就好，還是以原本的自己活下去就好，到底哪一個才是自己『真正想做的事情』呢……我已經不曉得了。」

我說完後，菊池同學就像是迷惘般地低垂目光。

然後我回過神來。

「啊……抱歉，講了這種奇怪的話。突然不知道在說什麼東西了呢。」

我又一次反省自己。我為什麼這麼弱小，這麼地狡猾呢。

我只是希望無論我怎麼樣都會接納我的菊池同學，連我自己所討厭的弱小自己都一併接納也說不定。

對於不禁低垂目光的菊池同學，我到底該用如何搭話才好。我猶豫著。

——然而，下一瞬間抬起臉來的菊池同學，表情十分地有力且溫柔。

「……我。」

菊池同學她對上我的目光。

「我會覺得和友崎同學很容易聊……是因為友崎同學所說的話，會在腦海裡浮現出畫面的關係。」

「……畫面？」

我對於那些完全沒有想過的話語感到驚訝。菊池同學大動作地深深地點頭。

「友崎同學你聊天的時候，好像常常會把自己腦海裡所浮現的事物直接講出來一般……所以你那麼做的話，就算在我的腦海裡頭，雖然不知道是不是跟友崎同學所想的一樣，也會浮現出影像。簡直……就像在讀小說的時候一樣。」

「像小說一樣？」

我把視線投向放在桌子上的，在塑膠袋裡頭的書本。

「啊，那個……並不是說講起話來像小說的文章一樣……該說是感覺到友崎同學把看到的東西直接毫無加工地傳達過來嗎……有著把當時的氛圍、感情或者直接的感受那一類的東西，老實地、原封不動地傳達過來的那種感覺。」

菊池同學緩緩地，像是在空中塑造出什麼形體般地動著雙手，同時編織話語。

「所以，大概是因為那是友崎同學的性格……才會很容易聊……」

「謝、謝謝……」

「唔、嗯……」

菊池同學的臉紅了起來，不過她還是沒有停下，持續表達想法。

「不過，也有畫面不太能傳達過來的時候……那大概就是用單字卡背起來的話題之類的吧……我現在是這麼想。」

「啊、啊啊……」

在我的心中，事情一點一滴地連接起來。

「所以，所謂有時候會變得不容易聊，我想就是那麼一回事。」

如果是那麼一回事的話，就有辦法理解。

不過，那也就是說。

「那麼，果然是指靠努力做出來的『技能』並不好的意思……」

「可是啊。」

菊池同學以認真的表情，潤溼的眼瞳，注視著我的眼睛。我被她的目光吸引。

「……可是？」

然後菊池同學她維持著那溼潤的眼瞳，溫柔地，如同滿溢慈愛的女神般露出笑容。

「我覺得，友崎同學最近確實改變了許多。那個……雖然也包括有時候會變得不容易聊……不過比起那個，有更重要的。」

「比起那個？」

其他的變化。除了『技能』之外，我還有什麼地方改變了嗎？

「從第一次和友崎同學講過話的時候開始，我就一直覺得，跟這個人聊天，有時候會浮現出影像呀，真是不可思議啊。」

「……嗯。」

我像是被菊池同學的話語吸引過去般，點了頭。

「——可是，那些影像，曾經是灰階的。」

「……咦？」

菊池同學所說的，是我完全沒預料的話。

「和友崎同學說話的時候，會看見沒有加上色彩的影像，那是有點寂寞的世界，不過多少也……和我所看著的世界相似。」

「菊池同學……所看著的世界。」

菊池同學注視著自己的手掌心。然後，像是有一點點寂寞地笑出來。

「我這個人……比起像這樣看著的現實世界，有時候不禁會覺得，看書的時候浮現在腦海裡的世界更加地美麗。所以每次看著那種書，我都會覺得，寫了這本書的人，是不是可以看見色彩這麼繽紛的世界呢，真令人羨慕啊……」

菊池同學她，一邊溫柔地撫摸著放在塑膠袋裡的書本，一邊說「安迪作品特別會那樣」而微笑。

「而且……和友崎同學聊天的時候所看見的世界也是黑白的，和我很像……所以我聽說友崎同學喜歡 AttaFami 那個遊戲的時候……我心裡想，友崎同學會不會就像我一樣，覺得那個遊戲中的世界看起來才是彩色的呢。」

「……嗯。」

那種說法，大概是說中了。

斷定現實是糞作，而深入的 AttaFami 世界。

那簡直就是灰色的世界跟彩色的世界。

「我想，確實就是那樣。」

「不過……聽我說喔。」

像是要柔和地矯正我說的話一般。菊池同學她靜靜地注視著我。

「後來和你說過好幾次話的時候……友崎同學說著身邊事情的時候。傳到我這來的影像……有改變囉。」

然後，就像是讀著美好的童話給我聽一般，溫柔地對我敘說。

「漸漸地，變成彩色的了。」

那簡直就像是把我內心重要的部分，把我掉在腳邊的重要的事物撿起來給我一般的話語。

我大概已經理解了，那番話所表示的事情，那個意義何在。

「我對於那樣感到驚訝。我從小時候開始就一直覺得自己能看見的景色是灰色的，那種情形，就算成為高中生之後也一直沒有改變……這樣的話應該一直都是這樣子了吧？應該一直都是灰色的吧？我有著這樣的想法。」

「嗯……」

確實，我也有那樣的體會。

「可是友崎同學短時間內——」

那一定是，這幾個月所發生的，誇張的變化。

「——就把自己所能看見的世界顏色改變了啊，我有這樣的想法。」

對。那是。

至今我一直覺得是糞作的這個世界。

從擅自認為現充們成群結隊，實在很無趣的那個時候開始，

一點一滴地累積努力，提升著自己的能力。

一點一滴地改變環境，改變跟其他人之間的關係。

那麼做而改變先入為主的觀點——確實地改變了感受世界的方式。

在現實中的努力，確實可以增加自己所能做到的事情，也可以改變周遭的環境。

不過，除了這些。

『把自己所能看見的世界色彩，完全改變』。

那才是真真正正重要的事，這一點，我確實地體會到了。

我一直都沒有說話，只是專心地聽著菊池同學的話語。

「所以我認為友崎同學努力地改變自己的行為，是十分美妙的事。」

說著話，笑咪咪地，綻放著像是要包裹世界般的笑容。

「是……那樣子嗎。」

我只能如全身都被擊打般地點著頭。

剛才菊池同學告訴我的話裡，我覺得有著我在尋找的『答案』。

「或許……就是那樣子吧。」

我斷斷續續地發出聲音之後。

「還有。雖然是我的臆測……」

菊池同學就像是想起什麼事般地說話，露出像在思考的表情，而有點垂下目光。

「……嗯？」

回問她後，菊池同學就從塑膠袋中，把剛才買的麥可・安迪的書拿了出來。

「如果，在友崎同學的世界裡，有一位讓不久之前都還是灰色的世界——」

然後，把那本書溫柔地抱在懷裡。

「添上繽紛色彩的美妙魔法使存在著的話——」

菊池同學看著我，浮現出滿溢著人情味，率直的溫暖笑容。

「請你，好好珍惜那位『某個人』喔。」

她又教導我了重要的事情。

我緊緊地盯著她，沒有辦法從菊池同學身上移開目光，然後我終究。

「……嗯。謝謝妳，菊池同學。」

把打從心底的真心話，老實地，而且就是因為是真心話，才為了確實地傳達給對方——而使用『認真的語調』這樣的『技能』，傳達了感謝的心情。

然後菊池同學就溫柔地搖頭。

「這是你讓我知道，就算從現在開始也可以改變觀看世界方式的，小小回禮。」

不知道是不是我多心，她眼裡散發著跟平常顏色有點不一樣的光芒，微笑著。

6　只有女主角才能裝備的道具會擁有特別的效果

在大宮跟菊池同學分別的我，回到家裡，把智慧型手機拿了出來。

我打開在那之後有兩週以上完全沒有動過的 LINE 對話畫面。

菊池同學所教導我的重要事情。

那件事，我得傳達給無論何時都處於玩家視角的『某個人』，一定要讓那個人知道。

畢竟我是發自真心，覺得不想就這樣子結束。

『抱歉。

我想再聊一次。

最近可以在哪裡見個面嗎？』

我傳送那段訊息之後，等待日南傳來的回覆。

然後經過了十幾分鐘。

『要聊，是要聊什麼』

短短的，沒有感情的訊息傳了過來。那段訊息，多少散發著拒絕的氣氛。

不過，我已經選擇了進展下去的道路。而且，我也做好了心理準備，就算要使用『技能』做為進展的手段也不介意。

『我想了很多事情啊

想跟妳再說一次』

然後馬上就顯示已讀，

『我根本就沒有什麼想講的話』

冷淡的文章傳了回來。不過，我只會遵循『真正想做的事情』。

『妳有說要我把背包還妳吧』

傳過去之後，不知道是不是有點出乎她的預料，從顯示已讀到回覆，稍微隔了一段時間。

『是有說過』

『那個，帶到學校去還妳太累了

會讓要帶的東西變多』

『啊？』

日南傻眼的表情浮現在眼前。

『所以，讓我在暑假中還給妳吧』

然後我又接著，多傳了一段。

『不然的話，我說不定沒辦法還妳』

馬上就顯示已讀。當然，我所說的只是表面話。

不過，日南以前曾經說過。

只要是為了目的，就算要偽裝表面聽起來的感覺，也應該要讓意見通過。

說不那樣做的話，只會在什麼都做不到的狀態下結束而已。

這樣的話我就試試看吧。首先就到那傢伙的戰場上戰鬥。

這麼做的話以那傢伙重視正確性的性格來看，應該很難拒絕才對。

然後。顯示已讀而經過了一陣子之後。

『這樣的話，要送給你也沒關係就是了』

咦、咦咦？來這招？我粗心大意而被抓住空隙反擊的同時開始思考從新的角度進攻的戰鬥方式。

後來，日南那邊又接著多傳來一段訊息。

『不過，你都說到這種地步的話

明天晚上六點，大宮』

我開心地握拳擺出小小的勝利姿勢。雖然不能否定多少有點讓她妥協的感覺，不過重要的是目的達成了。要是瞧不起對方而用了故意放水的玩法，那就是用的人不好。

『我知道了』

確認這個訊息有顯示已讀之後，我關掉了手機的畫面。
我一邊再次回想自己『真正想做的事情』，同時開始整理該傳達給她的事。

＊　＊　＊

隔天。
我帶著要還給日南的背包，來到了大宮。
背脊挺直，嘴角上揚，頭髮有做造型，服裝也是穿著日南幫我選的衣物。
這並不是什麼『面具』。這可是這一次，對我來說所必須的『裝備』。
約好晚上六點會合。我在那個時間的五分鐘前到達『豆樹』之後，像是多少靜不下來而浮躁般，只有心理準備確實地已經做好了，我就用這種奇妙的心境等待日南。
幾乎在剛剛好的時間，日南過來了。
日南在我的眼前突然完全停下腳步之後，並不是在瞪著我，也沒有在觀察我，只是緊緊地，一直盯著我的眼睛。
我為了不讓她那種行為削弱我的氣勢，自己主動開口。
「嗯，在這裡會有點那個，去別的地方吧。」
說完之後，我沒有等她回應就往東口的方向走去。

日南什麼也沒有說，以直直伸展背脊的美麗走路方式，在離我身後一步的距離走著。

出去東口而稍微走了一下後，我發覺到了。

「……啊。」

我的腳步停下來的地方，是某間便利商店前。

沒有什麼地方特別不同，開在車站附近的普通便利商店。

不過，這裡對我來說，是開始一切的場所。

那是跟 NO NAME 網聚的時候，做為會合點的便利商店。

也就是我跟『真正的日南』第一次說過話的場所。

我自然地在那邊停下腳步。

場所什麼的其實哪裡都可以。不過，我毫無意義地覺得這裡才好。

我轉身看向日南，吸進了一口氣。

「……我想說的話啊。」

然後，我切入正題。

「你是想到了新的藉口還怎樣？」

日南果然是面無表情地這麼說。不過我也為了不輸給她的態度，拚命地拼湊起話語。

「不是藉口。我啊，是發覺到了啊。」

「發覺到……是發覺什麼。」

我從菊池同學那邊學到的事情——或者，正確來講，是跟這傢伙學到的。

我回想起了日南所教導我的事物、賦予我的事物。

我把自己的『答案』傳達給日南。

「我，喜歡遊戲。」

「……事到如今，你想說什麼？」

日南用多少像是警戒起來的眼神，看著我。

「我喜歡AttaFami，也喜歡RPG。跟妳對戰過的名為學生會選舉的遊戲也是，雖然結果輸了，還讓深實實有了那樣的想法所以或許不該拿來講，不過我覺得我還是喜歡，是到了要是能再來一次的話就想再做一次的程度。」

我就像是把存在於心中的一個個真心化為實體般地轉為話語。

「……這樣啊。」

日南沒有改變表情。

我一邊探索著直到不久之前所看見的，多少是灰色的記憶而一邊說。

「可是我，對於AttaFami，頂多只是個玩家。是在電視前面拿著手把，操作著畫面中的角色，隔了一步而在外頭的存在。不管接下來再怎麼做，都沒辦法靠近。」

「那是理所當然的吧。」

我點頭。

「可是，就算那樣，我也為了跟角色同化而注入了靈魂啊。因為那麼做的話，遊戲裡頭的世界就會漸漸變得閃閃發亮。」

我多少變得情緒化，同時還是表達著想法。

「我並不是對動畫、小說，或者漫畫，而是只對遊戲深深動心的理由……只有遊戲的世界看起來比任何東西都還要閃耀的理由，其實是很簡單的原因啊。」

那是，無論是動畫、小說還是漫畫都沒有的，遊戲獨有的特徵。

「**就是在遊戲裡**，我才有辦法讓角色依照我自己的想法行動啊。」

我只有在遊戲中才有辦法身為強角。有辦法投入感情。所以，閃耀著。

因為就是在遊戲裡，才有辦法不去體會自己的弱小、不長進，或者是由於那些東西而感受到的無可奈何的自我嫌惡。

就那個層面上，比起現實世界，我反而是身為遊戲中的『角色』而一直活著，我覺得這樣講也可以。

「所以對我來說，遊戲的世界是閃閃發光的。我之前認為現實根本就是糞作。什麼東西都不讓人開心。畢竟，我完全沒辦法讓現實世界中的『友崎文也』這個『角色』自由行動。」

我想起幾個月前的灰色『人生』。

「明明自己沒有打算發出那種聲音，錄音下來聽看看後，講話的聲音卻像含著東西。明明自己沒有打算讓嘴角下垂的，突然被鏡子照了之後，看見嘴角卻是無力的。明明也沒有打算擺出難看的姿勢，也不是自己喜歡講話大舌頭。」

那是，讓我的人生變成灰色的最大的原因。

而且，那是靠我一個人絕對不會曉得的事情。

「要怎樣才能依照想法發出聲音、依照想法擺出表情、依照想法擺出姿勢——要怎樣才會有辦法照自己想的方式操作自己呢？那種名為人生的遊戲的操作方法，為了讓人生閃閃發光而必要的事物——」

我以彷彿從靈魂中發出聲音般的感覺。

「是妳告訴我的啊。」

回想起來各式各樣的事情。

那大概是日南所賦予我的，新的景色。

幾個月前的我所不知道的色彩。

舉例來說，就像是過來報告玩 AttaFami 的技術變好的，弟子看似開心的表情。

打算想辦法解決事情而笨拙地掙扎過，結果深實實對我顯露的，太陽一般的表情。

實際體會到自己等級有提升的時候，原始性的，如同深深刺進內心的興奮感。
總覺得耀眼到不行，彷彿沒有意義地熱鬧起來的，烤肉的那段時間。
大家讓中村跟泉之間有所進展之後，像是搔癢般滿足起來的，奇妙的連帶感。
藉由跟菊池同學交流而互相聊過深入的話題，像是融雪一般的，溫暖的喜悅。
那些記憶都擁有著閃閃發光的，色彩繽紛的光輝，就像是妝點黑暗夜空的光芒一般，做為緩緩留下來的殘像，刻劃在我的世界之中。
那大概，就是魔法。

「所以我，在這個名為『人生』的遊戲之中，也想要成為『角色』啊。
因為我是託了妳的福，才會連這個叫做『人生』的遊戲都喜歡起來了。」
話語之中並沒有謊言。
跟這傢伙相遇之後開始的努力、經驗，還有藉由努力跟經驗而改變的景色。
還有讓現實世界變成了彩色的，嶄新的，閃閃發光的瞬間。
以及日南對我的世界所增添的，色彩繽紛的魔法。
如果要說那些東西一點魅力也沒有，那種話，我真的沒辦法說出來。
儘管沒有辦法順心如意的事情比較多，有時候也會發生讓我覺得不自在的事情。
儘管也會由於自己的弱小而受傷，甚至連內心好像受到千刀萬剮的事情都有發生過。

然而就算那樣，我也想在這個名為『人生』的遊戲中，做為『角色』。

因為，我是對於喜歡上的遊戲絕對不會放水的，日本第一的玩家啊！

「這就是屬於我的，『真正想做的事情』。」

說到這種地步之後，我只是等待著日南的話語。

從結論來看——我身為玩家而貫徹著的態度，我『真正想做的事情』，就只是這樣而已。

想要全心投入喜歡的遊戲，認真地樂在其中。

就是因為喜歡，才會想要比所有人都深入，想要成為真正的『角色』。

我覺得，那大概是我有辦法對日南提出的，唯一跟日南不同的正確事物。

不過隔了一陣子之後，日南搖頭。

「『真正想做的事情』根本就不存在。」

那是否定了我的話語的一番話。

「你現在只是醉迷於理想，沉浸在感傷裡頭而已。」

而且，我理解了，她說的又是正確的話。

「你好像認為『想要成為角色』這種事是自己『真正想做的事情』，不過那並不是什麼『真正想做的事情』。只是單純地、情緒化地把那誤認為理想，是只存在於當下的『偏見』。」

她以平常的帥氣語調講出那些話語。

日南她，並沒有動搖。

「如果那真的不是『偏見』、如果要說那就是如假包換的『真正想做的事情』，沒辦法證明那就是正確的話，就什麼意義都沒有。」

因為她有著靠自己累積起來的理論跟行動以及結果。而且她還有藉由那些積蓄而產生的自信。所以她相信自己就是正確答案，不會懷疑。

而且從結果來看，我覺得所謂的強角指的就是那麼一回事。

藉由結果而累積起來的自信。

一點一滴的努力產生結果，而結果牽繫到自信，並且轉為強大。

我感受到自己的『等級提升了』的時候，儘管只有一點點，也有那種感覺。

而且，就是因為那種積蓄比任何人都還要多，所以這傢伙才會是超越所有人的強角吧。

不過——反過來講的話。

「嗯，我想過妳會這麼說啊。」

——如果有辦法讓那個事實崩解的話。

「確實沒辦法證明的話就沒有意義了啊。」

——那就有可能成為比起任何東西都還要確實的，對日南的反擊。

日南對於我有自信的話語沉默了一陣子，後來她終於。

「你是想說有辦法證明嗎？」

以銳利的視線朝向我。

不過不知道是不是我多心，那個視線沒有讓我感受到惡意。

「所謂『真正想做的事情』確實是存在的啊。」

我就像是順著日南的期待一般放話。

「……嗯——」

日南今天第一次，不懷好意地提起嘴角。

「那可以麻煩你說明嗎？那個『真正想做的事情』之類的東西存在著的證據。」

我也對於她那番話，不懷好意地嘴角上揚。

「妳在說什麼啊。妳這個人真的什麼都不知道呢？」

「……啊？」

日南發出失態般的聲音。

我打算朝著她那樣的反應追擊，接續話語。

「畢竟，這個『真正想做的事情』的證明，是由幾個規則複雜地交纏在一起啊。

這樣的話根本沒辦法那麼簡單地說明吧？」

那是某個時候，某個人對我講的，正確的理論。

那正是在『日南葵的戰場』上擴展開來的，合理的說教。

日南像是目瞪口呆般地僵硬了幾秒，後來像是傻眼似地微微笑了出來。

「哦……那麼，你打算怎麼做？」

「這還用說嗎？」

我刻意塑造出嬉鬧的語調給她聽。

「我問妳，妳買到了新的遊戲，想要練好玩那款遊戲的技術的話會怎麼做啊？」

那又是某個人對我說過的，正確的理論。

比起什麼都還要合理的，效率很好的步驟。

日南或許是瞭解了我想做的事情吧，嘆了一口氣。

「……你的意思是要玩玩看吧。」

我點了頭。

「對。光只是聽了『真正想做的事情』這種東西存在著的證明，也沒辦法找到『真正想做的事情』啊。要打算找到自己的真心而去掙扎，認真地進展之後才會第一次得到『真正想做的事情』。」

日南皺起眉頭。

「你啊……」

「聽好了，日南。」

我充滿自信地，塑造像是要教導什麼一般的語調。

「妳一直都在『巧妙地過好』人生，一直都以『玩家』視角在觀看，而不知道全心全意的『快樂』吧？」

塑造挑釁的語調，說給她聽。

「……那什麼意思？」

「聽好了。」

我塑造出好像很偉大的，視角高高在上的語調放話。

「我來教妳一件事吧。妳確實是個強角。不過妳現在啊，關於在『人生』這款遊戲裡頭『樂在其中』這件事——我可是比起妳還要厲害啊。」

日南無懼地笑了出來。

「哦？」

然後我一邊指著日南一邊說。

「所以啊。我從今天開始，就要把全心全意深入遊戲的方法，一個一個地教給妳。該怎麼做才有辦法找到屬於妳的『真正想做的事情』。該怎麼做才有辦法讓妳過著比現在還要『快樂』的人生。嗯，說是這麼說，不過我並不像妳那樣擅長把規則化為話語，所以我想會變成一點一滴地教就是了。」

日南像是故意般地顯露驚訝，歪了頭給我看。

「欸，你幹麼擅自把話題進展下去？真要說起來那種既不是『偏見』又不是『願望』的『真正想做的事情』之類的真的存在，這種事我可不相信喔，要也該從那邊開始講起吧？」

我點了頭。

「的確啊。不過，這樣子思考看看的話怎麼樣呢？」

日南像是興致勃勃般地把手貼到臉頰上，顯露好戰的笑容。

「……怎樣啊？」

「我直到現在，都是使用叫做『真正想做的事情』的燃料，玩著遊戲。」

「……嗯——」

然後我豎起一根食指給她看，而這麼說。

「所以我才在 AttaFami 成為了日本第一——而且妳，沒有贏過我。」

日南的眼睛只有一瞬間，整個睜開。

「欸，難道妳就不覺得奇怪嗎？課業、運動、校內的地位、絕大部分的遊戲。在那種各式各樣的事物之中一直維持在第一名的妳，只有 AttaFami 沒辦法成為第一名的這種『結果』。既然有著『結果』，那就會有『原因』吧？」

有結果就一定會有原因。那就是規則，是讓現實就如同『遊戲』一般的理由。

那是我跟日南對於『遊戲』，無可動搖的共同見解。
「當然是那樣子。不過，那單純是努力的多寡……」
「並不是那樣吧。」
打斷日南所說的話，我「嘖嘖嘖」地晃動手指給她看。
「……那麼，是怎樣？」
日南一邊說，一邊像是不愉快地握起我的手指。
「妳已經曉得了吧？產生出我跟妳之間 AttaFami 實力差距的東西正是——」
我又一次指著日南。

「——是不是擁有『真正想做的事情』的差別啊。」

「……那種東西。」
我把日南的話語打斷。
「『事實上妳沒有贏過我』。這就是比起任何東西都更能證明『真正想做的事情』這種東西存在著的證據啊。不過，畢竟是在 AttaFami 居於日本第一的我才有辦法看到的景色，所以妳或許不曉得吧？」
然後我像是要給她最後一擊般，不懷好意地笑出來。
「不甘心的話，就不要帶著『真正想做的事情』，在 AttaFami 贏我看看囉。」

我用手指比著放馬過來的姿勢，引誘她反駁。

「不……」

日南以否定的語調發出話語，後來終究是無話可說。

不過，那是當然的。

因為這傢伙的戰鬥風格，是站在對手的戰場上，使出壓倒性超越對手的努力積蓄而從正面擊潰對方，這種超級強力的風格。

而且她努力的分量、積蓄，並沒有輸給任何人。

所以，沒有一個人可以贏過這傢伙。

——不過，只有我不一樣。

——因為我跟這傢伙。

在身為友崎文也跟日南葵之前，是 nanashi 跟 NO NAME 啊。

所以我在那一點上頭。

在『只要把 AttaFami 玩得登峰造極就能瞭解』，這種某種程度來說亂七八糟的戰場上。

在『有意見的話等妳在 AttaFami 贏了再說』，這種什麼合理性都沒有的戰場上。

只有我，可以對這傢伙打下必勝的成果。

那是我只為了達成我的目的而做出來的，原本除了我之外誰都不會過來的，真的很自私的戰場。

不過這傢伙，只有這傢伙，會不禁踏到那個戰場上頭。

因為這傢伙，是不斷地選擇站在對手的戰場上，採用正面擊潰的做法，打從心底不服輸的人啊。

「……原來如此。」

日南疲累般地嘆了一口氣。

「怎樣啊。」

「以硬要別人同意不存在的東西來講，算是想得滿不錯的詭辯嘛。」

「詭、詭辯……」

然後日南像是覺得欽佩般，或者是傻眼般地呵呵笑出來。

「不過，確實是沒有辦法反駁。雖然說起來，你也沒有證明出什麼就是了。」

「算是吧。」

這時我老實地點了頭。

我只是試著以微妙地擁有說服力的脈絡，說出『只是妳沒辦法看見而已～』這樣子的事情，並不是已經成功地證明『真正想要做的事情』的存在。

「不過，是沒辦法說存在也沒辦法說不存在的情形呢。這樣的話，我也就妥協一半吧。畢竟那個『真正想做的事情』之類的——儘管我並沒有認同它的存在，不過也不能擅自認定它不存在呢。」

然後日南她終於，那個日南葵她第一次，只有一點點，做出了妥協。

我不禁由於她那番話而綻放笑容。

「日南……」

「不過。」

日南以嚴厲的語調指著我。

「既然你都說到那種地步了，就算要耗費時間，你也得證明它的存在。而且還要讓我打從心底接受。」

我覺得那簡直就是誇張到不行而且辦不到的難題。

不過，為了貫徹自己的『真正想做的事情』。

而且為了在貫徹它的同時，也要跟這個合理的完美主義惡質女有所牽繫。

我認為只能做下去了。

「——好。我知道。」

確認我點頭之後，日南嚴厲的表情就緩和下來，後來疲累似地按起額頭。

「……啊。」

「……怎樣啊？」

「不，這樣的話……結果，你今後是想怎樣？」

日南她罕見地，以沒有力氣的語調說話。

「啊、啊啊。」

對啊。那可是最重要的。

我放棄過一次日南賦予我的『目標』，那我今後是想要跟這傢伙有著怎樣的牽繫呢？那一點我還沒有傳達出來。

不過，我當然有著事先思考過的答案。

所以接下來只要把那個答案拋到這傢伙身上就可以了。

「我……對於『人生』的攻略，想要照之前那樣持續下去。」

還想要繼續跟這傢伙搭檔『攻略』，我是打從心底這麼想的。

「……這樣啊。」

日南罕見地忽然從我身上別開眼神。然後似乎像是覺得尷尬一樣，微微地嘟起嘴脣。

「畢竟妳讓我學到的『技能』，是讓我成為真正的『角色』所必要的東西，那樣的話也不會跟我的『真正想做的事情』有所矛盾，所以我想繼續那樣。」

「……不過，依據場合，也會有跟『真正想做的事情』矛盾的時候吧？」

我點頭。

「那種像是會跟『真正想做的事情』矛盾的『目標』，我想直接撇開。」

「也就是……想要在使用『技能』的同時，以『真正想做的事情』為基底，立下『目標』，是這個意思？」

日南一邊說，一邊像是覺得受夠了我的任性般皺起眉頭。

「就是那種感覺啊。總之也就是──」

然後我一邊稍微聯想水澤在 Tenya 對我說的話，一邊說。

「我的遊玩風格，是把『技能』跟『真正想做的事情』混搭起來的做法。」

我看著日南的眼睛，無聲地笑給她看。

看到我那種臉的日南又嘆了一口氣，小聲地細語「說到那種地步的話還真希望你證明呢」。

「嗯，雖然那方面沒什麼自信，不過就交給我吧，NO NAME。」

我一邊說，一邊像是要扮演最喜歡的作品中的，最喜歡的『角色』一般。

有如在模仿著 Found 的『Attack』，我架起右手臂給她看。

畢竟我跟這傢伙之間，有著比起像這樣你一言我一語更加迅速、最棒的交流方法啊。

然後日南或許真的是傻眼了吧，忽然間，像是有一點點開心地呼氣。

「那麼，雖然我沒有多麼期待，不過就交給你啦，nanashi。」

雖然多少有點收斂，不過還是抬起了右臂。

嘴角微微上揚的日南的表情，浮現著平常已經看慣的嗜虐色彩。

我果然覺得這傢伙，還是最適合這種表情了。

我們的拳頭在同一個時間點解放開來，並不是為了證明正確性，也不是為了拒絕弱小。像是要互相牽繫兩邊的理想般緩緩地靠近，後來。

兩人的手背，在空中溫和地相互碰觸。

＊　＊　＊

像那樣你一言我一語了好幾句之後。

隨著用腦過度而疲累的我的提案，我們進去了附近的定食店。

「我就點鹽烤鯖魚定食吧。」

「真巧呢。我也點那個。」

儘管有著那種神祕的一致性，我們兩人還是沒有特別對話而單純地享用晚餐。仔細想想，就算跟這傢伙有著沒說話的期間也一點都不會覺得不協調啊。反而甚至可以說那樣子才平常。

「嗯。」

日南一口把鯖魚吃進嘴裡。

不過這傢伙，吃著日式食物的模樣也很適合她啊。用筷子把魚肉分開，夾進口中的舉動。把碗拿起來，高雅地啜飲著味噌湯的樣子。兩者都很美麗，連這傢伙夾起來的飯看起來甚至都比其他的米還要豔麗。

「……怎樣？」

「啊。」

我被日南用力瞪著，這才想起來今天是還有一件想做的事情。

決定那麼做的我，把放在自己原本就持有的很遜包包裡的，之前從日南那邊收下的黑色背包拿了出來。

「真要說起來，今天可是為了還妳這個才集合的啊。」

我像是要讓她不高興而這麼說後，日南就平淡地說了「嗯——」。

「哦，你不要了？既然你都打算繼續做人生的攻略了，那個給你拿著也沒關係喔。畢竟線都脫開了，反正我也沒有打算要用。嗯。」

日南說話的同時又一口把鯖魚吃進嘴裡。

「可是，我還是要還妳喔。因為我會用自己的錢去買類似的東西啊……我想那麼做喔。」

「……這樣啊。」

短暫地說了之後，日南就收下我遞出的背包，用兩手攤了開來，然後把目光朝向她所在意的『線有脫開』的部分後，微微笑出來，小小聲地吐露「你是笨蛋嗎」。

「笨蛋？不不不，我反而希望妳說我聰明呢。」

日南的目光對著的，線本來有脫開的部分。

應該在那裡的，只有破掉一點點而垂著的黑色的線，藉由我之前在車站月台被日南塞還給我的煙火圖樣大型胸章，漂亮地遮掩起來了。

「兩個都還給妳。」

我一邊喝著茶一邊不帶感情地這麼說之後，日南就戳了戳大型胸章。

「明明要還背包，連胸章都還啊？這個，應該是給你背包而拿到的回禮才對吧？」

「沒關係啦。」

然後我又一次，為了傳達我真實的心情，開了口。

「因為這是妳讓我的世界添上了繽紛的色彩的，小小的回禮啊。」

我使勁忍住由於害羞而想要把眼光別開的心情，好好地看著日南的臉這麼說道。

日南眨了眨眼後沉默了一陣子，後來終究小聲地細語「這樣喔」。然後用指尖輕輕彈了一下那個大型胸章。

「嗯，既然是那麼回事，我就收下。」

在那麼說而笑著的日南的背包角落，小小的煙火，就像是要為黑漆漆的世界增添顏色一般，色彩繽紛地綻放著。

後記

新年快樂。我是屋久悠樹。

本作《弱角友崎同學》系列終於來到了被形容成有著各種界線的第三集，沒有比這件事更令人開心的了。而且似乎是朝著有辦法發售續集的方向進展的樣子，我認為這也全部都是託了各位的福。

然後，這樣的話自己能在這裡能做些什麼呢？就算是為了要確實地報恩，自己在這邊該述說的東西到底是什麼呢？我認真思考後的結果就如同各位已經發覺的一樣，抵達了應該只有一件事可說的結論。

那就是，本作封面菊池同學所穿著的襯衫的『一點點的透膚感』。

首先希望各位看的是，從我們這邊看過去是右側，從菊池同學那一側來看就是左手臂的袖子部分的影子。我想各位可以理解，在那個地方，延伸著跟表現衣服皺褶或者光的陰影的影子有所區別的，彷彿沿著菊池同學手臂線條一般，為了表現透出手臂而存在的影子。

當然，我一直受到那條非常適合菊池同學的纖細手臂，還有藉由『透出』那條手臂而刺激著我們『保護欲』的壓倒性魅力的衝擊。然而，比起那個更打動我心的，是跟一～二集相比時候所顯現的一個事實。

我認為，各位如果現在有辦法確認手邊的一～二集，並且拿來比較的話就可以理解，一～二集的日南同學跟深實實的襯衫並沒有透膚。

我一開始不瞭解那樣的意義——後來終於發覺了那個真相的時候，就陷入了像是被槌子打到了一樣，腦袋搖晃般的感覺。

也就是說，那是冬季制服跟夏季制服的『布料的差異』。

一～二集是長袖也就是冬季制服。所以布料比較厚，不會透出肌膚。

不過第三集就變成短袖，由於布料變薄了，肌膚有透出來。

那種些微的區別，儘管是自己寫出這部作品的角色們，還是產生了像是會讓我思考『我有想過角色所穿著的襯衫布料嗎？』，而且也像是會讓我提起『「襯衫的布料」對我來說，到底是什麼呢？』這樣問題一般的，充滿真實力量的封面。

接著要說謝辭。

繪製插畫的Ｆｌｙ繪師。從內文的插畫到特典，一直都非常感謝您。今後也請您以『生魚片』為關鍵字持續加油。我是您的粉絲。

岩淺責任編輯。地獄的年底工作辛苦了。非常感謝您。真的是地獄呢。

還有各位讀者。非常感謝各位讀了這本書，對我加油打氣。

另外，雖然沒有回應的情形也很多，不過我也有看各位的回覆或者感想。真的非常感謝各位。

要是各位也能陪我到下一集就十分令我高興了。

屋久悠樹

國家圖書館出版品預行編目資料

弱角友崎同學 / 屋久ユウキ作 ; 李君暉譯. -- 1版. -- [臺北市] : 尖端出版 : 家庭傳媒城邦分公司發行, 2018.02-
冊 ; 公分
譯自 : 弱キャラ友崎くん
ISBN 978-957-10-7911-0(第3冊 : 平裝)

861.57 106004623

浮文字

弱角友崎同學 Lv. 3

（原名：弱キャラ友崎くん Lv. 3）

作　者／屋久悠樹　插　畫／Fly　譯　者／李君暉
發行人／黃鎮隆　副總經理／陳君平
副　理／洪琇菁　國際版權／黃令歡
執行編輯／楊國治　美術主編／陳又荻
內頁排版／謝青秀　企劃宣傳／邱小祐、劉宜蓉
出　版／城邦文化事業股份有限公司　尖端出版
台北市中山區民生東路二段一四一號十樓
電話：(〇二)二五〇〇七六〇〇　傳真：(〇二)二五〇〇二六八三
E-mail：7novels@mail2.spp.com.tw
發　行／英屬蓋曼群島商家庭傳媒股份有限公司城邦分公司　尖端出版
台北市中山區民生東路二段一四一號十樓
電話：(〇二)二五〇〇—七六〇〇(代表號)
傳真：(〇二)二五〇〇—一九七九
中彰投以北經銷／楨彥有限公司
(含宜花東)　電話：(〇二)八九一九—三三六九
傳真：(〇二)八九一四—五五二四
雲嘉經銷／智豐圖書股份有限公司　嘉義公司
電話：(〇五)二三三—三八五二
傳真：(〇五)二三三—三八六三
南部經銷／智豐圖書股份有限公司　高雄公司
電話：(〇七)三七三—〇〇七九
傳真：(〇七)三七三—〇〇八七
一代匯集／香港九龍旺角塘尾道六十四號龍駒企業大廈十樓B&D室
電話：(八五二)二七八三—八一〇二
傳真：(八五二)二七八二—一五二九
馬新經銷／城邦(馬新)出版集團Cite (M) Sdn. Bhd.
E-mail：cite@cite.com.my
法律顧問／王子文律師　元禾法律事務所
台北市羅斯福路三段三十七號十五樓
二〇一八年二月一版一刷
二〇二〇年十二月一版三刷

■中文版■

郵購注意事項：
1.填妥劃撥單資料：帳號：50003021戶名：英屬蓋曼群島商家庭傳媒(股)公司城邦分公司。2.通信欄內註明訂購書名與冊數。3.劃撥金額低於500元，請加附掛號郵資50元。如劃撥日起 10～14日，仍未收到書時，請洽劃撥組。劃撥專線TEL：(03)312-4212 ・ FAX：(03)322-4621。E-mail：marketing@spp.com.tw